CW00517447

EDITORIAL PRESENÇA

R. Augusto Gil 35-A - Apartado 14031
1064 LISBOA CODEX
Tel. 793 41 91   Fax 797 75 60
E-Mail: editpresenca@mail.telepac.pt

O Cavaleiro Lua Cheia

SUSANNA TAMARO

O Cavaleiro
Lua Cheia

Tradução de Maria Jorge Vilar de Figueiredo

EDITORIAL PRESENÇA

FICHA TÉCNICA

Título original: *Cuore di Ciccia*
Autora: *Susanna Tamaro*
Copyright © 1992 Arnoldo Mondadori Editore S.p.A., Milano
Tradução © Editorial Presença, Lisboa, 1999
Tradução: *Maria Jorge Vilar de Figueiredo*
Capa: *Teresa Cruz Pinho*
Composição: *Multitipo — Artes Gráficas, Lda.*
Impressão e acabamento: *Guide — Artes Gráficas, Lda.*
1.ª edição, Lisboa, Março, 1999
Depósito legal n.º 131 685/99

Capítulo primeiro

GORDO COMO UM PORQUINHO

Era uma aborrecida e chuvosa tarde de Primavera. Miguel tinha acabado há dez minutos de fazer os trabalhos para a escola e para a aula de inglês. Estava sozinho em casa e tinha-se posto à janela a ver as gotinhas leves que caíam na relva do pequeno jardim. Ainda faltava uma hora para a mãe voltar e não sabia o que havia de fazer. Tentou contar os salpicos que batiam na vidraça, mas, passados cinco minutos, ainda se sentiu mais aborrecido do que estava antes. Suspirando, afastou-se da janela e deixou-se cair como um peso morto na cama.

«Gostava tanto de ter um irmãozinho, ou um cão» pensou. «Se tivesse, brincava com eles e nunca mais teria aquela ideia terrível, nunca mais.»

Mas, mal acabou de dizer «nunca mais», a tal ideia terrível começou a falar.

«Estás com fome» dizia ela. «Estás com fome e tens a barriga tão vazia como o tambor da máquina de lavar a roupa, tão fria como a superfície polar; sentes frio em todo o lado, sentes-te muito fraco, não te aguentas nas pernas, se te queres salvar só há uma coisa a fazer: levanta-te e vai à cozinha, enche a barriga, come até te fartares!»

Miguel ainda resistiu um minuto ou dois àquela voz, chamou a si todas as suas energias para a combater, mas, depois, lento como um *robot*, levantou-se, saiu do quarto, atravessou o corredor, parou um instante à porta da cozinha, e, depois de ter suspirado, empurrou-a com todo o cuidado.

Lá estava ele a um canto, esperando-o com toda a calma. Miguel olhou bem para ele antes de se aproximar: na penumbra da cozinha, tão luzidio, tão branco, tão alto, parecia mais uma inocente baleia adormecida nas profundidades do oceano do que um frigorífico. No silêncio em redor, só se ouvia a sua voz discreta: — *ZZZZ? Bzzz Bzzz! ZZZZBZZ.*

Para outras pessoas, aquelas palavras confusas não seriam provavelmente mais do que o ruído de um motor já antigo, mas Miguel, devido à longa amizade que o unia ao frigorífico, era capaz de as compreender perfeitamente.

— Vieste outra vez ter comigo? — disse Frig. — Que bom! Come tudo o que há aqui dentro, acaba também com a manteiga e os ovos, e vais ver que te passa logo o aborrecimento.

— Não devo! — respondeu baixinho Miguel, aproximando-se da porta do frigorífico.

— *Bzzzzot, zzzrr!* Ora, não digas tolices! — respondeu o frigorífico.

— A sério que não posso... — murmurou ainda Miguel, inseguro.

— *ZZZZZZ?* Quem é que te impede?

Miguel estava para responder «A minha mãe!», mas ainda as palavras não lhe tinham saído da boca, já a mão lhe escorregara para o manípulo da porta, que se abrira de imediato.

Que espectáculo maravilhoso! Inesquecível! A mãe tinha feito na véspera as compras do mês, e as prateleiras, da primeira até à última, estavam todas cheias de comida. Miguel deu um passo atrás para ver melhor: sim, com aquela luz difusa e os pacotes e as latas de todas as formas e feitios, o frigorífico parecia mesmo uma gigantesca e generosa árvore de Natal. Antes de mergulhar em todas aquelas iguarias, olhou para o relógio na parede. Para a mãe chegar, ainda faltava meia hora, tinha de se apressar para cumprir a sua missão.

Começou pela maionese; agarrou no tubo pela parte de baixo e enfiou-o na boca: inspirando a plenos pulmões, esvaziou-o em menos de um minuto; depois, foi a vez da lasanha do dia anterior: como não podia perder tempo à procura de um garfo, nem correr o risco de se sujar, segurou no primeiro bocado com o polegar e o indicador, enrolou-o no dedo médio como se fosse um caramujo e engoliu-o. Foi assim que, uns a seguir aos outros, foram desaparecendo a lasanha, o queijo da serra e o queijo parmesão, a carne picada para as almôndegas, os pudins de chocolate, as bebidas e a garrafa de chá gelado, o fiambre e os rolinhos de frango, três ovos, meio litro de leite e um resto de *pizza*.

Nesse momento, Miguel parou de comer e olhou para o relógio: só faltavam dez minutos para a mãe chegar. Diante dele, solitários como sobreviventes, só tinham ficado dois boiões de iogurte magro e umas maçãs mirradas.

«Bem», pensou, ao vê-los, «fiz um bom trabalho.» E depois de ter dado um arrotozinho de satisfação, fechou a porta do frigorífico.

O frigorífico despediu-se dele com um «*Bzzot!*».

Ele também se despediu, dizendo: — Até logo! — e, na ponta dos pés, foi outra vez para o quarto. Descalçou-se, desapertou as calças e deitou-se na cama.

Em vez do vazio frio na barriga, sentia calor, um calorzinho bom que começava no umbigo e se espalhava por todo o corpo. Que bem que se estava de barriga cheia! O aborrecimento tinha desaparecido, como desaparecem os pombos quando se bate as palmas, e o mundo parecia fofo, macio, disposto a recebê-lo como deve ser! Antes de adormecer, Miguel beliscou a gordura da barriga, dois rolinhos espessos e rijos que pareciam a bóia de um elefante; beliscou-os, esticou-os como se fossem massa de padeiro, e depois, satisfeito consigo e com a vida, fechou os olhos.

Miguel tinha oito anos e vivia com a mãe numa casinha com um pequeno jardim que ficava na periferia da cidade. A mãe chamava-se Angélica e era gerente de uma fábrica de fatos de banho. O pai chamava-se Artur e vivia num apartamento ali perto. Tinha um *stand* de automóveis no centro da cidade. Quando Miguel nasceu, amavam-se muito, mas depois, a pouco e pouco, Angélica foi-se apercebendo de que Artur não era o homem dos seus sonhos, e Artur foi-se apercebendo de que Angélica não era a mulher dos seus desejos. Por isso, quando Miguel tinha três anos, decidiram separar-se. O pai ia buscá-lo uma vez por semana. A mãe era muito simpática com ele e ele era muito simpático com a mãe, e Miguel não conseguia perceber porque é que não viviam juntos.
Um domingo, enquanto andava a passear de carro com o pai, perguntou-lhe, disse-lhe assim: «Por que é que tu e a mamã se separaram?» O pai respondeu-lhe que já não se amavam. Então, Miguel perguntou-lhe o que era o amor, mas ele não respondeu nada, continuou a guiar de olhos pregados na estrada.

Nesse dia, ao voltar para casa, fez a mesma pergunta à mãe.

— O amor é quando duas pessoas gostam uma da outra — respondeu ela, e depois saiu a correr porque já estava atrasada.

Quando ficou só, Miguel foi ter com o frigorífico.

— Frig — perguntou-lhe — o que é gostar de alguém?

— *Brrotzzzup brr, brr zzz!* É tratar dele, dar-lhe de comer, aquecê-lo! — e depois acrescentou: — *Zuttbrr!* Eu gosto de ti!

Nesse momento, Miguel deu um passo em frente e abraçou-se à sua barrigona branca. Era verdade: Frig era o seu único amigo, o único capaz de alegrar as suas longas tardes de solidão e aborrecimento.

Nos primeiros tempos, a amizade entre ele e o frigorífico passara despercebida. Só uns meses depois, quando estavam à mesa, é que as calças lhe tinham rebentado sem ninguém lhes tocar e a mãe começara a desconfiar de alguma coisa. Estavam a comer em silêncio e, de repente, ouviu-se aquele ruído: «*Zstraapp.*»

— O que foi? — perguntou a mãe.

— Se calhar, foi um... um... tro...tro...vão — balbuciou Miguel.

— Não há nem uma nuvem, não sejas mentiroso — disse a mãe, e depois, desconfiada, começou a cheirar. — Olha bem para mim! Por acaso não terás dado um...?

Miguel corou.

— Oh, não, mamã, juro que não!

— Não te ponhas com juras — respondeu ela, e continuaram a comer em silêncio.

Mal acabou de comer a fruta, Miguel levantou-se e foi então que a catástrofe aconteceu. Miguel deu dois

11

passos e as calças caíram-lhe até aos joelhos, desceram-lhe até aos pés e ele ficou em cuecas no meio da sala.

Fez-se um minuto de silêncio, tanto ele como a mãe ficaram imóveis. Depois, ouviu-se um grito aterrador e prolongado, mais ou menos assim: — *Aaaaaaahhhhhhhhh!!!* — e a mãe, gritando com quanta voz lhe restava: — Estás gordo como um porco! — caiu redonda no chão. Tinha desmaiado.

A esse grito seguiram-se momentos terríveis. De facto, a mãe, mal recuperou os sentidos, ordenou-lhe que subisse para a mesa e se despisse. Enquanto ali estava, nuzinho de todo e com a carne a tremer-lhe sempre que respirava, a mãe foi buscar uma fita métrica amarela e começou a medi-lo. Mediu-lhe a circunferência das coxas e das pernas, a barriga e o tronco, mediu-lhe o pescoço, os braços e o duplo queixo, e a cada medida, em vez de ficar calada e calma, punha-se a gritar os centímetros, e depois dos centímetros, acrescentava: — Que horror! Santo Deus, que nojo!

Quando acabou de medir, tirou de uma gaveta *O Livro da Criança Ideal* e, falando com os seus botões e entre dentes, começou a comparar os centímetros do filho com os da criança ideal.

Entretanto, Miguel continuava nu, de pé, em cima da mesa. Passados dez minutos, a mãe olhou-o bem nos olhos e disse-lhe:

— É grave, mas não é gravíssimo! Se tomarmos certas medidas, tudo voltará ao normal dentro de pouco tempo!

Depois, agarrou-lhe no rolinho de carne da barriga, deu-lhe dois puxões amigáveis e disse:

— Temos de travar uma grande batalha os dois... e tu vais colaborar, não vais?

— Claro, mamã — respondeu Miguel, que tinha sido sempre um menino obediente. Depois, quando a mãe saiu apressada, desceu da mesa e, sem sequer se voltar a vestir, foi ter com o frigorífico e esvaziou-o.

Há um mistério no mundo, ou melhor, há muitos, mas o mais importante é este: enquanto as crianças percebem sempre o que os adultos querem, os adultos quase nunca percebem o que as crianças querem. Julgam que as crianças querem o que eles querem, mas não é verdade: as crianças só obedecem, ou pelo menos fingem que obedecem, para serem simpáticas.

Por isso, para Angélica que, como já dissemos, era gerente de uma fábrica de fatos de banho, o mais importante era ser-se magro e ágil.

O motivo era evidente: se toda gente decidisse engordar, ninguém voltava a comprar fatos de banho. Como era natural, ela esforçava-se muito para se parecer com um esqueleto. Só comia uma refeição inteira de dois em dois ou de três em três dias, e no resto da semana só comia iogurtes magros e maçãs mirradas.

E não era só isso: como essas medidas não eram suficientes para adiar a explosão da carne, passava todos os minutos que tinha livres a correr à volta do jardim, a fazer flexões e a dar saltinhos.

Pesava-se regularmente à noite e de manhã, e se à noite descobria que havia cem gramas a mais, em vez de se ir deitar, ia para o jardim e punha-se a saltar na cama elástica até de manhã. Quando havia duzentos gramas a mais, punha-se a chorar, e Miguel tinha de a consolar; consolava-a com palavras meigas, embora não se importasse nada com a magreza dela.

Com o pai as coisas não eram diferentes: como vendia automóveis de corrida, e os automóveis de corrida são conduzidos por senhores bronzeados e magros, ele também tinha de ser magro e andar sempre bronzeado. Ao domingo de manhã, ia buscar Miguel de fato de treino e sapatos de ténis e, durante o dia todo, enquanto os outros comiam massa e viam televisão, eles andavam a correr pelos parques, sem parar.

Miguel detestava correr: doíam-lhe os pés e os joelhos, faltava-lhe o ar e, passado algum tempo, faltava-lhe também a vista, e os pensamentos, em vez de estarem quietos e tranquilos, balouçavam-lhe dentro da cabeça, como bonecas partidas. Miguel também detestava o iogurte, as maçãs mirradas e as bebidas com proteínas, detestava as aulas de inglês e as aulas de computador, detestava tudo isso, mas, como era bonzinho, fazia tudo e não dizia nada.

Assim, com o passar dos anos, os pais tinham-se convencido de que o filho era exactamente como desejavam, igualzinho a eles, enquanto Miguel, com o passar dos anos, se tinha transformado num menino triste e solitário.

O relógio da parede deu as seis em ponto. Miguel, que ainda estava deitado na cama, abriu os olhos. Daí a dois ou três minutos, ouviria o carro da mãe parar à porta de casa, a porta a abrir-se, os passos ligeiros dela a dirigirem-se para a cozinha e, depois de uma pausa, o famoso grito. De facto, passado um minuto e meio, chegaram-lhe aos ouvidos estes ruídos: «*hiiiiii, crich crich, sblam, toc toc toc, squick*» e por fim: — *Ahhhaaaahhhhaa!*

Miguel suspirou, enroscou-se e esperou, resignado, que ela entrasse no quarto. A porta escancarou-se quase logo.

— Miguel! — gritou a mãe com a cara amarela e roxa. — Voltaste ao mesmo?!

— Ao mesmo, mamã? — balbuciou Miguel.

— Estás a brincar comigo? Esvaziaste outra vez o frigorífico, foi o que foi!

— Oh, não é verdade, mamã, só passei por ele e dei uma espreitadela...

Antes de acabar a frase, a mãe caiu-lhe em cima e com duas mãos como garras agarrou-lhe a barrriga. Tinha as mãos frias e as unhas compridas. Puxou-lhe pelas duas bóias:

— Olha! Vê bem, que nojo! Isto que está aqui dentro são só espreitadelas?

Miguel baixou a cabeça e, sem dizer nada, olhou para a barriga. Por cima do umbigo via-se uma espécie de alpendre que formava umas pregas que lhe caíam até aos joelhos.

— Isto são só espreitadelas? — continuava a gritar a mãe. — Será possível que não tenhas vergonha?! Estás embrulhado em carne da cabeça até aos pés, como um tapir! Pareces uma filhó, um garrafão, um balão, um hipopótamo, um paquiderme, uma baleia! — Gritava cada vez mais alto. Miguel sabia que daí a uns instantes começaria a chorar. Era o que acontecia sempre.

De facto, depois de ter dito «balão», a mãe ficou muito vermelha, pôs-se a fazer gestos, fungou e desatou a soluçar:

— Meu querido, será possível que não percebas? Quantas vezes me prometeste que não voltavas a fazer, hem? Promestes-me sempre, e voltas sempre ao mesmo!

Quantas vezes é que já te disse que não se pode ser gordo, hem? Não tinhas vergonha se eu fosse uma matrona, não? Então por que é que eu não hei-de ter vergonha? Oh, meu querido, por que não fazes um esforço para gostar de mim?

— Oh, mamã, eu gosto de ti! — gritou Miguel.

— Então, por que não fazes um esforço para ser um menino normal? O que é que te falta? Eu e o teu pai deixamos que te falte alguma coisa ?

— Não, mamã, não me falta nada — balbuciou Miguel, e sem ela ver enxugou duas lágrimas que lhe tinham brotado dos olhos.

Depois, tudo se passou como das outras vezes. A mãe foi buscar o caderno preto com o programa de alimentação e a fita métrica amarela, mediu-o, fê-lo subir todo nu para a balança, fez os seus cálculos de gramas e calorias, e por fim pronunciou a sentença: cinquenta voltas ao jardim, a correr, cinquenta flexões completas, hora e meia de saltos na cama elástica e, para acabar, duas tremendas purgas à hora de deitar.

Miguel obedeceu a todas as ordens: correu no jardim, bufando até não poder mais, fez cinquenta flexões, saltou na cama elástica durante hora e meia, e antes de apagar a luz emborcou os dois copos da tremenda purga. Depois, apagou a luz, voltou-se para um lado e suspirou.

Devia estar feliz, mas não estava. Sentia a barriga vazia e as pernas e os braços pareciam farrapos. A tal voz apareceu logo: «Estás triste? Consola-te! Come!»

Para se distrair, Miguel tentou pensar numa coisa bonita. A única coisa bonita que lhe veio à ideia foi a avó, e o mês que, no Verão, passava em casa dela, no campo.

Capítulo segundo

CATÁSTROFE!

Todos os anos, no mês de Agosto, a mãe de Miguel andava pelas praias da região para ver quantos fatos de banho tinha conseguido vender. Nunca levava Miguel com ela. Por isso, no último dia de Julho, ia deixá-lo a casa da avó.

Foi o que aconteceu também naquele ano.

A avó vivia sozinha numa casinha perto de uma floresta e ficava sempre muito feliz com aquelas visitas: logo de manhã, de avental vestido, punha-se à porta, à espera deles.

Quando o carro fez a última curva da estrada de areia, Miguel debruçou-se da janela e, acenando com um braço, começou a dizer adeus à avó; mal pararam, saiu a correr para a abraçar.

— Meu rico menino! — exclamou a avó, beijando-o na face. — Que grande que tu estás! Entra, que acabei de fazer uma tarte de framboesa!

— Mãe! — gritou Angélica, que estava a tirar a mala do carro. — Quantas vezes tenho de te dizer que o miúdo está de dieta?

— Oh, meu Deus, está doente? — exclamou a avó, ficando de repente triste.

— Não, mãe, está óptimo. Mas está tão gordo como um peru na véspera do Natal.

A avó pôs uma mão debaixo do queixo de Miguel e fê-lo voltar a cabeça. Olhou-o com atenção e depois disse:

— Não, Angélica, estás enganada, só está um pouco-chinho forte... e a tarte que eu fiz não é uma tarte a sério, uma tarte mesmo, é... é... é quase toda feita de fruta... só tem uma pitadinha de farinha, um nadinha de açúcar, coisas de nada, ninharias, e depois, tu também eras assim, as crianças têm de se alimentar bem... quer dizer, têm de crescer...

A cada palavra que a avó dizia, Miguel, agarrado às saias dela, fazia que sim com a cabeça.

Mas a mãe não parecia nada contente com o que a avó dizia.

— Mãe — exclamou num tom de voz um tanto exa-gerado —, em primeiro lugar, eu nunca fui gorda, e, em segundo lugar, o Miguel já comeu tanto que poderia viver muito bem durante cinco anos sem meter mais nada à boca, estamos entendidas?

Dito isto, a mãe subiu nervosamente para o automóvel, bateu com a porta e da janela aberta, com o motor já a fun-cionar, gritou para Miguel:

— Quando voltar, se tiveres engordado nem que seja cem gramas, no próximo ano, em vez de vires para casa da avó, vais para um colégio!

Depois, fez bruscamente marcha atrás e o carro desa-pareceu numa nuvem de poeira ao fundo da estrada.

Quando ficaram sós, a avó disse a Miguel:

— Vamos, depressa, que ainda deve estar morna... — Na cozinha, cortou uma boa fatia de tarte e pôs-lha no prato. — Queres natas por cima, meu rico?

— Oh, não, avó — respondeu Miguel, já com o pri-meiro bocado na boca —, não posso!

— Dói-te o fígado?

— Não, avó, mas as natas...

— Mas está tão seca, meu amor, com um bocadinho de natas ficava mais molezinha... a sério que não queres?

— Bem, quero, avó, mas só uma colherzinha, para provar...

Cada um comeu três fatias de tarte; depois, como já começava a anoitecer e a estar um tanto fresco, a avó fez chocolate quente.

Beberam-no sentados à porta de casa. O sol já tinha quase desaparecido e um vento leve abanava lentamente os ramos das árvores.

A avó suspirou, e depois perguntou:

— A tua mãe é sempre assim nervosa?

— Não, avó, não é nervosa, é ágil.

— Não digas tolices: vê-se ao longe que tem os nervos à flor da pele... Há alguma coisa que não lhe esteja a correr bem?

— Não sei, avó — respondeu Miguel, e com o pé fez um risco na poeira. — Se calhar, é por o pai viver noutra casa.

— Oh, mas isso já é uma história antiga! — disse a avó, enxotando com a mão uma mosca que andava por ali a voar. — Não, *mmmh*, acho que deve ser outra coisa...

Miguel suspirou:

— Avó — perguntou — sabes o que é o amor?

A avó estremeceu no banco:

— Oh, que distraída que eu sou! — exclamou. — Que estúpida! Esqueci-me de te mostrar uma coisa!

E pegou na mão de Miguel e arrastou-o para a horta. Até escurecer, mostrou-lhe como tinham crescido todas as plantas que tinham semeado no Verão anterior.

O mês em casa da avó passou tão depressa que, no momento de partir, Miguel estava convencido de que tinha chegado na véspera.

Todas as manhãs iam para a floresta, e a avó ensinava-lhe a conhecer as espécies de pássaros pelo canto, as tocas dos esquilos e dos arganazes, as ervas que se podiam comer e as que provocavam diarreia. Miguel passava as tardes no relvado em frente da casa a desenhar, e à noite, à lareira, ouvia a avó contar histórias que nunca tinha ouvido.

Foi assim que aprendeu que, na Terra, escondidos em lugares secretos, ainda havia dragões ferozes, aprendeu que, em menos de um segundo, as crianças podiam transformar-se em animais, e os animais em crianças, e que, ocultos no meio das pessoas, andavam homens extraordinários chamados cavaleiros; aprendeu que se podia chegar ao fundo dos oceanos, ou desaparecer nas cores do arco-íris, sem necessidade de qualquer máquina.

Na última noite, a avó levou-o ao relvado que havia em frente da casa e disse: — Mal vires uma estrela a cair, pede uma coisa.

A estrela caiu quase logo. Miguel pediu uma coisa e depois foram para dentro, fazer a mala.

Quando a mãe chegou, estava muito bem disposta; tinha vendido mais fatos de banho do que os outros todos. Mal saiu do carro, mediu Miguel com a fita métrica e ficou muito satisfeita por ele não ter engordado cem gramas.

A avó perguntou-lhe se queria chocolate quente, mas ela disse que preferia uma tisana sem açúcar. Mal acabou de beber, disse a Miguel: — Vá, dá um beijo à avó — e meteram-se no automóvel.

Miguel, embora um tanto triste por deixar a avó, também estava muito bem disposto, e por isso contou à mãe tudo o que tinha aprendido acerca dos dragões e dos cavaleiros e das magias que transformavam as crianças em sapos e ratos.

A mãe ouviu-o em silêncio. Quando ele acabou de contar, explodiu:

— Foi a avó que te contou essas tolices todas?

— Foi — disse Miguel, já um tanto preocupado.

— Mas tu não acreditaste, pois não?

— ....?!?

— Olha, meu querido, tenho muita pena de te dizer, mas nada disso é verdade. Sabes, a avó já tem uma certa idade, já está velhota, e com os anos as ideias confundem--se, andam às voltas dentro da cabeça e as pessoas começam a dizer tolices, a acreditar que existem espíritos e coisas assim.

— Mas eu vi a unha de um dragão, a avó... — protestou Miguel.

A mãe sorriu:

— Meu querido — disse ela —, quanto mais depressa tirares essas tolices da cabeça, melhor: confundem-te as ideias e mais nada. Pensa no inglês, no computador e põe de parte os sonhos, que não servem para nada.

Nessa noite, já na sua cama, Miguel não conseguiu adormecer. Quem teria razão, a mãe ou a avó? Enquanto andava às voltas no meio dos lençóis, ouviu a tal voz. Miguel não tentou resistir-lhe nem por um segundo, sentia-se demasiado confuso e triste. Deu um pontapé nos cobertores, enfiou as pantufas e, sem fazer barulho, foi para a cozinha.

21

Frig continuava lá, discreto e paciente como um verdadeiro amigo. Cumprimentou-o logo:

— *Bzzap zap!* Que bom, já voltaste. Sentia-me tão sozinho, à noite!

— Estive em casa da avó — disse Miguel para se desculpar e depois, receando que ele se ofendesse, acrescentou: — Ela não tem frigorífico, só tem uma despensa.

— *RRRRzzpp!* Vá, de que é que estás à espera? Abre-me e vamos festejar!

Miguel não esperou que ele dissesse duas vezes e abriu a porta. O panorama não era dos melhores: via-se que a mãe já não fazia compras há muito tempo. No entanto, abrindo as caixas e as latas, Miguel lá encontrou qualquer coisa para comer.

Barrou com manteiga umas fatias de pão de forma já duras, engoliu três ou quatro ovos cozidos e dois pudins de chocolate. Mal começou a sentir o calorzinho da comida na barriga, continuou a conversa com Frig.

— Frig — disse —, achas que os sonhos fazem mal?

— *Rffffz! Brrrzuuupziprr!* O que é que te deu?! — exclamou Frig. — Os sonhos fazem muito bem; eu, por exemplo, quando me aborreço, sonho sempre que sou um avião de reconhecimento, que ando a sobrevoar o mundo e assim esqueço-me de que estou na cozinha.

— E os cavaleiros, quer dizer, aqueles que matam os dragões, existem mesmo?

— *Zip, brutzzzzzzrrrrrtrrz!* Oh, claro que existem. É difícil vê-los, mas existem. Vou contar-te um segredo, aproxima-te mais: ouve bem, se olhares para trás de mim, para as minhas costas, vais ver um pedaço de metal que brilha mais do que os outros.

Miguel foi ver o que havia atrás do frigorífico e exclamou:

— É verdade! — disse — É verdade, há um pedaço que parece de ouro!

— *Ziiprrrr*, pois é, é um pedaço da armadura de um cavaleiro muito valente!

— Oh, Frig, contas-me a história dele?

— *Brittzzzz zup zup!* Agora estou vazio, volta amanhã, que já estarei cheio, e eu conto-te a história.

— Oh, obrigado, Frig — exclamou Miguel. — És mesmo uma maravilha! — e deu-lhe dois beijos no manípulo de metal.

A partir desse momento, Miguel foi ter com Frig todas as noites. Frig contava histórias quase mais bonitas do que as da avó. O cavaleiro a que tinha pertencido o bocado do seu motor era o homem mais forte e mais extraordinário do mundo.

Quando voltava para a cama, já de barriga cheia, continuava a pensar nas suas aventuras e em como seria bom ser tão forte, corajoso e extraordinário como ele.

Nessa época, a mãe andava sempre em viagem de negócios para apresentar ao mundo a colecção de fatos de banho, e por isso Miguel pôde andar pela casa toda sem ser incomodado. Sentia-se feliz com as histórias que ouvia todas as noites, e passados dois dias já se tinha esquecido completamente das calorias, dos gramas e de todas essas estúpidas ninharias. Também queria ser cavaleiro, executar actos heróicos e extraordinários. Na última noite que passou com Frig, ganhou coragem e confessou-lhe o seu sonho.

— Frig — perguntou —, achas que posso vir a ser um cavaleiro?

— *Zipbrr!* Claro que podes — respondeu o frigorífico. — Se quiseres, podes.

— Mas eu não conheço dragões, nem bruxas, nem crianças que se transformaram em rãs... Achas... achas que posso fazer alguma coisa extraordinária nas aulas de inglês?

— *Brrrzupsup.* Não tenhas pressa, amigo — respondeu Frig. — Vais ver que tudo acontecerá quando menos esperares. Há muitos mais monstros por aí do que as pessoas pensam.

— Achas que sim, Frig?

— *Zrrrruin!* Acho, tenho a certeza, ou melhor, *zap, zap*, sabes o que vamos fazer?

— O que é, Frig?

— *Zrrrrr!* Vou ordenar-te cavaleiro!

— Mas, Frig!...

— *Grrzziiip!* Não digas nada, pega naquela filhó cheia de bolor que está na prateleira de baixo, põe-a na cabeça como se fosse uma coroa e ajoelha-te.

Miguel fez o que o amigo lhe ordenou. Estava emocionado.

Frig aclarou a voz:

— *Zrrupzrupbixbrrrrrzupzrrrrr!* Pelas maravilhosas acções feitas durante anos nas minhas prateleiras, pela coragem heróica com que enfrentaste a desventura das purgas e todos os castigos que o inimigo te infligiu, eu, Frig de Frigor, Rei dos frigoríficos, nomeio-te Marquês dos Pudins e do Pão-de-ló e dou-te o título de cavaleiro, com o nome de guerra de... *bzzzp...* sim... com o nome de... com o nome de... Cavaleiro Lua Cheia! — O frigorífico fez uma pausa e depois acrescentou: — *Bzzzr...* e agora levanta-te e dá-me um abraço.

24

Com a filhó cheia de gordura em cima da cabeça, Miguel levantou-se e abraçou o frigorífico com quanta força tinha.

— Que maravilha, Frig! — disse, beijando o esmalte branco da porta. — Agora sou um cavaleiro a sério!

— *Bzzt...* claro! — respondeu Frig.

— Mas, Frig — exclamou Miguel, preocupado —, não sei que coisa extraordinária hei-de fazer, para onde é que tenho de ir combater.

— *ZRRRRR*, não te preocupes — respondeu Frig, que a sabia toda.— Vais ver que, muito em breve, farás uma coisa extraordinária, uma coisa tão extraordinária que mudará o mundo.

— Que feliz que eu sou, Frig! — exclamou Miguel; depois, beijou-o mais uma vez na porta e voltou para a cama.

Nessa noite, Miguel dormiu um sono prolongado e calmo, e pela primeira vez na sua vida sonhou. Sonhou que estava de pé em cima do telhado lá de casa, a ver a mãe a correr para trás e para a frente no jardim. Sonhou que a chamava e que ela levantava a cabeça e gritava:

— Desce já daí, que o telhado vem abaixo!

— Já vou, mamã — respondia ele, e deixava-se escorregar lá de cima como um peso morto.

Então, a mãe começava a gritar com quanto fôlego tinha na garganta, mas ele, sem medo nenhum, ia caindo, caindo e depois, de repente, quando já faltavam poucos centímetros para chegar ao chão, transformava-se num pássaro branco e muito bonito e, batendo as asas, afastava-se de casa e desaparecia para lá das nuvens que havia no horizonte.

Realmente, ouviu-se um grito, e foi um grito mesmo assustador. Miguel continuava a sonhar quando alguém lhe puxou pela roupa da cama e, sacudindo-o como se ele fosse massa de *pizza*, lhe gritou aos ouvidos:

— *Ahhhaaaahhhh!* Catástrofe, catástrofe, cataclismo! *Ahhhhahhhhh!*

Era a mãe, que acabava de chegar da viagem de negócios. Devagarinho, Miguel abriu os olhos e olhou para ela. A julgar pela cara que viu, devia ter feito uma coisa terrível.

Antes de poder dizer uma só palavra, a mãe agarrou--o pelo pescoço, arrancou-o da cama como se fosse um peru tirado da panela e gritando:

— O que é que tu fizeste? — começou a bater-lhe.

Como acontecia sempre, não demorou nada a ver-se nu diante da balança. A mãe já tinha ido buscar a fita métrica amarela e estava a medi-lo; à medida que o ia medindo, gritava:

— Desta vez, basta, basta mesmo! Ultrapassaste todos os limites!

Miguel, discretamente, pôs-se a observar a barriga: era verdade, naquelas duas semanas de pândega, tinha-lhe nascido mais um rolinho de carne.

No entanto, era um rolinho pequeno. Tentou defender-se:

— Nem chega a dois cent... —, mas a mãe fê-lo logo calar-se.

— Já basta, basta mesmo! — gritou. — Nem quero perder tempo a medir-te. Não serve de nada pedir-te para pensares no que fazes, não serve de nada dar-te purgas de cavalo ou obrigar-te a correr, por isso, sabes o que te digo? Vou tomar medidas drásticas, drasticíssimas! Vou,

vou, porque, meu Deus, nem posso pensar em sair de casa com um menino tão nojento, com uma lesma gorda enfiada numas calças!

Dito isto, a mãe saiu a correr do quarto, bateu com a porta e fechou-o à chave.

Miguel ouviu-a fazer uns telefonemas com voz alterada; telefonou ao pai e a mais duas pessoas, depois saiu a correr e a casa ficou em silêncio.

Quando ficou sozinho, Miguel atirou-se para cima da cama. «E agora?» pensou. «O que é que vai ser de mim?»

Durante aquela tarde de espera fechado no seu quarto, Miguel pensou por várias vezes no que lhe iria acontecer. Realmente, a mãe, naquela manhã, parecia mesmo furiosa, e quando ela estava furiosa ninguém sabia o que podia acontecer. Para grandes males, grandes remédios, gritara ela. E se ela voltasse para casa acompanhada por um cirurgião que o obrigaria a deitar-se em cima da mesa da cozinha para lhe tirar as fatias de gordura, como se fosse uma mortadela?...

E se a mãe se tinha ido embora para sempre e o tinha deixado ali, fechado à chave no quarto? Sim, provavelmente o seu destino era morrer de fome: daí a cem anos, iriam encontrá-lo, seco como uma múmia, e expô-lo-iam num museu com esta legenda: «Menino gordo do século XX.»

Quanto mais coisas imaginava, mais triste se sentia. Ao contrário das coisas extraordinárias que Frig lhe tinha prometido, ali estava ele, quase a ter o mesmo fim de uma mortadela ou de uma múmia. Apetecia-lhe comer, para se consolar, gostava de sentir o tal calorzinho na barriga, mas, como isso não era possível, deitou-se na cama e, em silêncio, começou a chorar.

Na manhã seguinte, quando a mãe e o pai apareceram à porta do quarto, Miguel ainda estava a dormir. A mãe começou logo a vesti-lo, enquanto o pai enchia de roupa uma grande mala que estava aberta no chão.

Como nenhum dos dois abriu a boca, Miguel, durante uns instantes, continuou a pensar que estava a sonhar. Só quando se meteram todos no automóvel é que percebeu que era tudo verdade. Não era um sonho, era um pesadelo, porque tinha quase a certeza de que o iam levar para um bosque onde o deixariam ficar.

Pensando bem, era uma ideia que não desagradava a Miguel: num bosque, sozinho e com a força que o seu título de cavaleiro lhe dava, poderia fazer um montão de coisas maravilhosas, matar dragões atrás de dragões, beijar dezenas e dezenas de rãs.

Capítulo terceiro

ESQUELÉTICA DELÍCIA

Infelizmente, as coisas da vida nunca seguem uma linha recta: pensamos que estamos destinados a fazer uma coisa e damos por nós a fazer outra. Os sábios dizem que a vida é bela porque é surpreendente, mas é uma verdade que ainda tem de ser provada.

Foi assim que Miguel, já preparado para ser abandonado no meio de um bosque, foi parar aos quartos grandes e limpos do Instituto Estica-Larica.

O Director esperava-os à porta.

Mal viu Miguel, estendeu-lhe a mão e disse:

— Ora cá temos o paquidermezinho teimoso, não?

Miguel apertou-lhe a mão e respondeu:

— Chamo-me Miguel.

O Director troçou:

— Sê bem-vindo.

Miguel não percebia onde estava: voltou-se para perguntar à mãe. Com grande surpresa, viu que ela já lá não estava. Não estava ela, nem o pai: tinham-se ido embora em silêncio, sem sequer o avisarem. Sentiu um nó na garganta, tinha vontade de chorar, e só por se lembrar do seu título secreto de cavaleiro é que conseguiu conter-se.

O Director levou-o até ao quarto e explicou-lhe o regulamento.

— A porta deste instituto — disse-lhe — só se passa duas vezes na vida: uma vez para entrar e outra para sair;

entra-se gordo e sai-se magro. Percebes o que estou a dizer, rapaz?

— Acho que sim, senhor — respondeu Miguel, compungido. — É uma porta mágica.

O Director ficou rígido: das orelhas saíam-lhe umas nuvenzinhas de fumo verde, como se numa parte qualquer da cabeça tivessem acendido uma fogueira de erva.

— Em primeiro lugar, rapaz, a partir de agora vais deixar de me chamar senhor, e passarás a chamar-me Sua Infinita Magreza, e, em segundo lugar — o tom da voz começava a aumentar assustadoramente —, risca para sempre da tua cabeça essa estúpida palavra «magia», e todas as palavras que se pareçam com ela! No século XX, não há magias, não há fadas, nada de nada, lembra-te bem disso, só se consegue progredir com duas coisas: disciplina e vontade!

Dito isto, o Director encaminhou-se a passos largos para a porta do quarto. Parou e Miguel reparou que as suas orelhas, para além de expelirem fumo verde, tremiam como se quisessem levantar voo. Era mesmo medonho.

— Se ainda não percebeste, comilãozinho — gritou, antes de sair —, daqui só sairás quando estiveres tão magro como uma sardinha! — Depois desapareceu, batendo com a porta, e Miguel ficou sozinho no quarto.

Passou o dia todo fechado lá dentro. Ninguém o foi chamar para o almoço nem para o jantar. Quando se ia deitar, o rádio que havia junto da cama acendeu-se, sem ele lhe tocar, e começou a falar.

— Boa noite, hipopotamozinhos, paquidermezinhos queridos: estou aqui, como todas as noites, para vos transmitir a última reflexão do dia. Dispam o pijama, olhem bem para essas barrigas, para essas coxas moles. Estão gordos, não estão? Bem, vamos pensar um pouco no mundo da natureza. A natureza é sábia, trata de tudo da melhor forma. Nunca quiseram saber por que é nunca se vêem animais gordos por aí? Porque não comem, dirão vocês. Errado! Os animais gordos existem, mas duram pouco. Sabem porquê? Tentem pôr os vossos cerebrozinhos a funcionar. Os animais gordos conseguem correr depressa? Não, pois não? Os animais gordos não se vêem por aí porque, como não correm, são os primeiros a ser devorados. Pensem bem, meus ricos, na sabedoria da natureza. A vossa professora, Esquelética Delícia, deseja-vos uma boa noite. Até amanhã, baleiazinhas!

Mal o rádio se calou, a luz apagou-se e Miguel viu-se de repente todo nu e só no meio do quarto. Foi para a cama e, uma vez debaixo daqueles lençóis gelados, pensou na sua cama, lá em casa, e em Frig, que o esperaria em vão durante a noite toda para lhe contar as suas histórias.

Tinha acabado de adormecer quando o rádio-despertador tocou. Ainda não tinha aberto os olhos quando uma mola escondida debaixo da cama o lançou para o meio do corredor. Só com as cuecas vestidas, viu que, à sua volta, havia dezenas e dezenas de crianças iguaizinhas a ele, ou seja, em cuecas e gordas. De uma porta ao fundo, rodopiando em pontas, apareceu uma mulher magríssima, enfiada da cabeça até aos pés num fato lilás. Sem deixar de rodopiar, dirigiu-se logo a ele.

— Ora cá está o novo elefantezinho! — exclamou, parando à sua frente. Depois, estendeu-lhe a mão e disse:
— Muito prazer, sou a tua professora, chamo-me Esquelética Delícia.

— Eu chamo-me Miguel — respondeu Miquel, gentilmente, e estendeu-lhe a mão.

Mas já a menina Esquelética Delícia, saltitando como um pião, tinha desaparecido no fundo da fila.

— Têm dez minutos para tomar duche! — gritou lá do fundo. — Daqui a onze minutos, espero-os a todos na sala do pequeno-almoço.

Miguel foi com os outros para a casa de banho. Encontrou um armarinho com o seu nome e umas peças de roupa lá dentro. Depois de se ter lavado, vestiu a roupa. Era muito acanhada: por cima da barriga, a camisa só conseguia apertar com um botão, e as calças não lhe subiam até aos joelhos.

— Ei — disse ao miúdo que estava mais perto —, deve haver algum engano, esta roupa não me serve.

— Claro que não te serve — disse o miúdo, sem olhar para ele. — São do tamanho que devias ter, se te portasses bem.

— Mas não me entram — protestou Miguel, mas o miúdo já tinha ido a correr para a sala do pequeno-almoço.

Com as calças na mão, Miguel seguiu-o aos saltinhos pelos compridos corredores.

«A sala do pequeno-almoço!» pensou. «Se há uma sala do pequeno-almoço, é porque não é um lugar assim tão terrível.»

E já via correr diante dele rios de leite e de *corn flakes*, hectolitros de chocolate quente, pirâmides de manteiga e compota que chegavam ao tecto...

Entrou na sala do pequeno-almoço com o coração a bater muito depressa e água na boca. Os outros já estavam todos sentados a elegantes mesinhas. Miguel sentou-se no primeiro lugar vazio e, sem se apresentar nem pedir licença, atirou-se àquilo que lhe parecia ser uma garrafa de chocolate. Que desilusão! Daquela cafeteira tão convidativa não saiu nadinha! Olhou à sua volta: nenhum dos miúdos estava a comer de verdade, limitavam-se, educadamente, a fingir. Por isso, fingiu que estava a beber chocolate e a mordiscar dois ou três biscoitos.

Passados uns instantes, Esquelética Delícia voltou a aparecer.

— Bem — gritou —, por hoje, o pequeno-almoço terminou! Agora, com calma e sem fazerem barulho, vão buscar as mochilas. Daqui a três minutos exactos, quero toda a gente na pista.

Miguel seguiu o rio de crianças através das salas do instituto. «Será possível» pensava, enquanto ia andando, «que a mamã me tenha abandonado num lugar destes? Nem os meus piores sonhos eram assim tão maus!»

Três minutos e meio depois, Miguel e os outros, de enormes mochilas às costas, estavam no grande parque do instituto.

A pista de que falava Esquelética Delícia era uma pista de atletismo a sério, mas, em vez de correrem de sapatilhas e calções, tinham de correr de botas, completamente vestidos e com uma mochila pesadíssima às costas. Antes de começar a maratona, Miguel abriu a mochila e viu o que havia lá dentro. Maravilha das maravilhas! Dentro da mochila, e tudo muito bem arrumadinho, havia uma dezena de pudins de chocolate e baunilha, umas vinte merendinhas com recheio de creme e chocolate, uma mortadela e um salame, pão de forma, um frasco de maionese, latas de atum, pepinos de conserva, e três ou quatro garrafinhas de sumo com gás. E também havia um saquinho de plástico com os talheres, o sal, a pimenta, um guardanapo e um copo, quer dizer, tudo o que era necessário para um piquenique no campo.

Depois de uma visão daquelas, Miguel saltou logo para a pista e começou a correr, feliz da vida. Não tinha dúvidas de que o peso que levava às costas não era mais do que o seu almoço, um piquenique que, mal se sentisse cansado, poderia fazer, sentado num lugar à sombra, ao lado da pista.

Durante as primeiras quatro voltas, foi à frente de todos, corria com passo ligeiro, como se fosse uma lebre. À quinta volta, começaram a tremer-lhe as pernas, as coxas e os nacos de carne do traseiro. À sexta, já o suor lhe escorria por todo o corpo, os braços começaram a tremer-lhe e, ao respirar, parecia uma velha locomotiva. Para se animar, começou a pensar nas heróicas aventuras do cavaleiro de Frig, pensou no cavaleiro, em todos os grandes homens, nos atletas famosos, e com essas ideias na cabeça ainda conseguiu dar mais uma volta.

Entretanto, já havia miúdos que se tinham estatelado no chão e estavam a obstruir o percurso com os corpos suados e ofegantes. À nona volta, Miguel percebeu que, se não queria ter o mesmo fim inglório, precisava de comer qualquer coisa. Olhou em volta, para ver se algum dos outros já estava sentado na relva a comer a merenda. Não havia ninguém, absolutamente ninguém.

«Estranho», pensou Miguel, «será possível que sejam tão fortes? Como é que podem resistir durante voltas e mais voltas, de barriga vazia?»

Ele já estava no limite das suas forças. Havia momentos em que via tudo negro à sua frente, e, a cada passo que dava, os pés e os joelhos já não avançavam afoitamente, amoleciam como manteiga ao sol.

A professora, sentada à beira da pista debaixo de um enorme guarda-sol, com uma caneta na mão e um caderno nos joelhos, via-os correr.

«Parece que está tudo sossegado» pensou Miguel, e decidiu começar a abrandar o passo, à espera de descobrir um lugarzinho agradável onde se pudesse sentar. Ao abrandar, foi ultrapassado por dois miúdos que, ao passarem por ele, lhe sussurraram qualquer coisa, e pareciam preocupados.

Miguel não percebeu bem as palavras, pareceu-lhe ouvir qualquer coisa do tipo «bom apetite!» e por isso, enquanto os outros, esmagados pelo peso das mochilas, continuavam a correr, gritou-lhes, com toda a simpatia:

— Bom apetite também para vocês — e saudou-os com a mão aberta.

Nesse instante, viu ali perto um banquinho branco à sombra de duas árvores enormes. Um lugar magnífico para se lanchar! Abrandou o passo, saiu da pista, tirou a mochila e sentou-se no banquinho. Como estava sem fôlego, esperou uns minutos antes de começar a comer. Enquanto ali estava sentado, sem fazer nada, passaram mais dois miúdos com a língua de fora, como os cães. Mal o viram no banquinho, começaram a fazer-lhe sinais com as mãos. Pareciam aterrados, e Miguel não conseguia perceber porquê.

«Se calhar, estão cansados» pensou, e gritou-lhes:

— Está quase na hora de almoço! Venham comer! — Mas as suas palavras tiveram o efeito contrário: os miúdos, em vez de pararem, aceleraram o passo, e desapareceram no outro extremo do campo, sem sequer se voltarem.

«Que gente estranha que aqui há» observou Miguel e, pondo a mochila nos joelhos, começou a abri-la. Já estava outra vez com água na boca e o estômago resmungava alegremente.

— Que beleza! — disse Miguel em voz alta e, sem esperar mais, arrancou com os dentes o papel da primeira merendinha.

Não percebeu logo o que aconteceu a seguir. O que é certo é que a merendinha nem teve tempo de lhe chegar à boca. Um ciclone abateu-se sobre ele, alguém lhe agarrou na mão e fez voar para longe o pão de forma; sentiu-se agarrado pelo colarinho, levantado do banquinho e sacudido como se fosse um salame, enquanto uma voz, vinda não se sabe lá de onde, gritava:

— Horreeeeendíssima cedência!

Só quando se viu estendido na relva como se fosse um tapete, é que reparou que o ciclone era apenas a professora Esquelética Delícia. Metida no seu fato lilás e com a cara da mesma cor, estava de pé, muito direita, diante dele. As ancas e os fémures tremiam-lhe e faziam tanto barulho como as campainhas dos trenós do Natal.

— Rico começo, peruzinho! Rico começo! — gritou com quanta voz tinha no corpo. — Primeiro dia, primeira infracção! — Depois, tirou um livrinho de um bolso minúsculo, abriu-o e disse em voz alta: — Infracção número 2821, castigo 3412. Segue-me, e não te ponhas com histórias.

Miguel não se pôs com histórias, nem poderia pôr, porque a professora agarrou-o pela orelha e arrastou-o como se ele fosse um saco de batatas.

Andaram assim durante muito tempo e, por fim, depois de ter descido escadas e mais escadas, Miguel viu-se fechado numa cela escura nos subterrâneos do instituto.

— Castigo 3412 — repetiu Esquelética Delícia do postigo, antes de se ir embora.

Mal ficou sozinho, Miguel, apalpando as paredes, pôs-se a procurar o interruptor da luz. Não havia interruptor.

«Paciência» pensou «nunca tive medo do escuro.» E sempre às apalpadelas pôs-se à procura da cama. A um canto, descobriu um catre estreito e duro e deitou-se.

«Isto não passa de um sonho mau» pensou «é um pesadelo, e vou acordar não tarda nada.» Mas, nesse momento, a barriga dizia-lhe que era tudo verdade: vazia como nunca tinha estado em toda a sua vida, rosnava furiosa do fundo do umbigo.

«Há dois dias que não como nada! Parece-te justo? Sinto-me como um trapo depois de ter andado a limpar uma caserna inteira. Já não tenho forças... por favor, suplico-te, mete qualquer coisa à boca.»

Miguel não sabia como havia de a acalmar. Não havia absolutamente nada para comer. Por fim, como ninguém o estava a ver nem podia repreendê-lo, começou a comer as unhas. A barriga pareceu acalmar-se.

«Por que é que a mamã e o papá se foram embora sem se despedirem?» pensou Miguel. «Terão decidido deixar-me aqui para sempre? Porquê?»

Uma ideia terrível começava a atormentá-lo. E se a mãe não fosse a sua verdadeira mãe, e o pai não fosse o seu verdadeiro pai? Sim, devia ser isso; se não era, por que é que o tinham abandonado ali sem dizerem nada? Era um enjeitado, era o que era: tinham-no descoberto num caixote de lixo qualquer e nunca lhe tinham dito.

Miguel começou a perceber muitas coisas que antes não percebia. Percebia porque é que não havia nenhuma fotografia dele no berço. E porque é que eles eram magros e ele, não. Como é que não tinha reparado antes? Eles eram os seus pais a fingir, eram dois estranhos! Miguel suspirou.

«Estou sozinho no mundo!»

As palavras ecoaram no estreito quarto como na montanha, e depois foram deixando de se ouvir.

Quando tudo ficou outra vez em silêncio, Miguel sentiu os olhos húmidos. Estava quase a chorar. Então, pensou em Frig. Frig, o seu único amigo, o único que tinha gostado verdadeiramente dele.

O que é que Frig tinha dito? Que ele, Miguel, era um cavaleiro. O Cavaleiro Lua Cheia. O Cavaleiro Lua Cheia era suficientemente forte para ir sozinho correr mundo, podia lutar com dragões e beijar as rãs, podia fazer grandes coisas...

— E vou fazer — gritou Miguel, convencido, e sentou-se na cama. Depois, enquanto estava a pensar que a primeira coisa a fazer era descobrir uma forma de sair dali, um cheiro delicioso começou a espalhar-se pela cela. Miguel cheirou. — Tarte de maçã!

— Sim, tarte de maçã — exclamou, de repente, a voz de Esquelética Delícia. Estava a falar num microfone escondido. — No forno — continuou ela — está uma tarte de maçã. Se a pudesses ver! Está uma maravilha: a massa cresceu muito e está muito fofa dos lados, e em cima tem umas fatiazinhas de fruta cristalizada... É uma pena, peruzinho, mas nunca poderás comê-la. Nunca!

Era uma tortura terrível. Miguel tapou o nariz e tentou respirar pela boca.

Depois do cheiro a tarte de maçã, veio o cheiro a rolinhos recheados, ao cheiro dos rolinhos, seguiu-se o

38

cheiro a creme de caramelo e massa no forno, ao cheiro da massa, o de uns bolinhos dourados, etc., etc., etc...

Durante a noite, Miguel chorou: chorou por causa de todos aqueles cheiros e também porque, no fundo, tinha gostado dos seus pais a fingir.

De madrugada, com as forças que lhe restavam, atirou-se contra a porta.

— Nunca mais como nada! — gritou, soluçando. — Nada de nada!

A estas palavras, a porta abriu-se como por encanto.

Depois desse primeiro castigo, a vida de Miguel no Instituto Estica-Larica continuou sem problemas. Já tinha percebido como aquilo funcionava, e tinha sempre muito cuidado para não cometer erros.

Uma manhã, dez dias depois de ter chegado, Miguel, ao levantar-se, reparou que estava muito mais leve: olhou para a barriga e viu que das quatro bóias de carne já só havia uma. Tinha emagrecido.

«Bem» pensou «isso quer dizer que já posso correr mais depressa.» E, sem perder tempo, começou a planear a fuga.

Já tinha estudado tudo como muita atenção. O único momento em que poderia fugir sem dar muito nas vistas eram os passeios higiénicos fora do instituto. Tinha de fazer assim: logo à partida, desatava a correr mais depressa do que os outros todos, e depois, numa curva, longe dos olhares de Esquelética Delícia, esgueirava-se a toda a velocidade para o bosque e desaparecia nas moitas antes de ser apanhado. Mal se visse livre, como tinha oito anos e nem um tostão no bolso, só havia uma coisa a fazer: ir para casa da avó. A avó de certeza que não lhe ia fazer perguntas, ficaria feliz ao vê-lo e mais nada. Se calhar, não sabia que ele não era mesmo neto dela; se calhar, sabia e não se importava; gostava dele na mesma, só por aquilo que ele era.

A oportunidade da fuga surgiu uns dias depois. Logo de manhã, Esquelética Delícia anunciou que, nessa tarde, haveria uma corrida recreativa no campo. Com um bolo de aniversário a sério nas mãos, os miúdos teriam de correr durante mais de dez quilómetros, sem o provarem nem o deixarem cair. Quem chegasse ao fim com o bolo intacto, tinha licença para acender as velas e soprá-las. Quem tropeçasse com o bolo ou enfiasse um dedo lá dentro, era obrigado a repetir a corrida. Miguel foi o primeiro a partir. Levava na mão um bolo coberto de natas e morangos silvestres. Passados dois quilómetros, ainda ia em primeiro, e passados cinco já se tinha destacado dos outros todos. Nessa altura, saiu do carreiro e embrenhou-se no bosque. Correu enquanto teve forças: depois, deixou-se cair sentado na raiz de uma árvore muito grande e devorou o bolo todo.

Começava a anoitecer. Miguel estava sozinho no bosque e não fazia a mais pequena ideia do sítio onde ficava a casa da avó.

Era a primeira vez que Miguel dormia sozinho num bosque.

A felicidade de ter conseguido escapar às garras de Esquelética Delícia, logo deu lugar ao medo do escuro e dos barulhos estranhos. De dia, as árvores eram amigas generosas, mas com a escuridão transformaram-se em gigantes malvados, de braços compridos e unhas tão aguçadas como agulhas. O tranquilizante gorjeio dos passarinhos foi substituído por uivos, rumores, gemidos, passos pesados e lentos, corridas e uivos inesperados e medonhos que pareciam vozes de demónios ou de bruxas.

— Sou um cavaleiro — disse Miguel em voz alta, para se animar. — Sou um cavaleiro e não posso ter medo de nada.

Quando a luz do dia começou a aparecer no outro extremo do bosque, continuava sentado na grande raiz, e não tinha pregado olho. Estava cansado e tinha fome, mas decidiu pôr-se a caminho.

Escolheu uma direcção ao acaso.

«Mais tarde ou mais cedo» pensou Miguel, «este bosque vai acabar: haverá uma estrada, uma auto-estrada, um atalho; hei-de encontrar alguém que me dê boleia até casa da avó.»

Andou durante o dia todo e de barriga vazia.

As silvas e as árvores, em vez de começarem a ficar mais raras, iam-se tornando cada vez mais densas e hostis. Miguel tinha dificuldade em avançar. Os espinhos arranhavam-lhe o corpo todo e as moscas não o deixavam em paz. Estava um calor terrível. De tempos a tempos, Miguel olhava para o céu, para perceber onde estava. O Sol, lá em cima, para lá dos ramos e das folhas, ia ficando cada vez mais vermelho. Dentro em breve, seria outra vez noite. Miguel observou o lugar onde tinha parado. Era uma pequena clareira idêntica àquela onde tinha passado a noite anterior.

«Será possível que não tenha dado nem um passo?» pensou.

Dirigiu-se para a raiz que já conhecia e sentou-se.

O que iria acontecer no dia seguinte? Chegaria a algum lugar? Ou andaria durante toda a vida à volta do mesmo sítio, como um burro velho? Seria castigo por ter fugido? Ou seria uma magia? O que é que mãe lhe tinha dito muitas vezes? Que as magias não existem.

O Director do instituto, Sua Infinita Magreza, também tinha dito a mesma coisa: na vida não há magias.

«E se eles estão enganados? E se este bosque for um bosque mágico?» pensou Miguel. E adormeceu com esta ideia na cabeça.

No dia seguinte, aconteceu o que tinha acontecido no dia anterior, e o mesmo se passou nos dois dias seguintes. Miguel andou, andou pelo bosque sem nunca chegar a parte alguma.

As árvores eram sempre iguais, as moitas eram sempre idênticas e cheias de espinhos, havia sempre as mesmas moscas e, todas as noites, Miguel sentava-se no mesmo ramo. Tudo era sempre o mesmo, excepto ele: estava cada vez mais esfomeado, cada vez mais confuso e cansado.

— Perdi-me! — exclamou, na quinta noite, e deixou-se cair na raiz do costume. — Perdi-me e estou sozinho no mundo. Ninguém anda à minha procura e ninguém me vai encontrar. Só os abutres, quando tiverem fome! Que triste fim para um cavaleiro!

Miguel enxugou com um braço as lágrimas que já eram abundantes, assoou com força o monco do nariz, deitou-se no chão e adormeceu.

Capítulo quarto

MISTER KAKKOLEN, PSEUDÓNIMO DE JOSÉ PIMPINELA

Miguel nunca tinha lido livros de histórias e por isso havia muitas coisas que ele não sabia. Não sabia que as magias existem mesmo. Por vias misteriosas e muito secretas, acontecem quando menos se espera.

Nessa noite, Miguel sonhou que estava em casa da avó. Estavam a comer uma tarte de creme de chocolate quando, de repente, ouviu uma voz.

— Oh, olha que animal tão estranho! Todo nu e sem bigodes!

Miguel, em sonhos, olhou em redor. Para além dele e da avó, não havia mais ninguém. Então, abriu os olhos e pôs-se a olhar para a clareira e para as moitas. Quem é que teria falado? Não se via por ali outros seres humanos.

«Se calhar» pensou Miguel «são alucinações provocadas pela fome.»

Ainda não tinha acabado de pensar quando a voz se ouviu mais uma vez.

— Olha lá, que espécie de animal és tu?

— E tu quem és? — gritou Miguel, que já começava a perder a paciência. — Aparece, se é que tens coragem!

— Já me estás a ver — respondeu a voz. — Olha para baixo, para a tua esquerda, ao pé da raiz do carvalho.

Miguel olhou.

— Estás a brincar comigo? Não vejo ninguém!

— Eu não sou ninguém — disse a voz, ressentida —, sou o Furão!

Miguel olhou melhor. De facto, perto da raiz havia um animalzinho, de focinho pontiagudo e pêlo escuro.

— É impossível! — exclamou, esfregando os olhos. — Não podes ser tu! Os animais não falam!

— Quem é que te disse? — perguntou o Furão.

— Está escrito nos livros — disse Miguel — e a minha mãe também me disse... a minha mãe a fingir — corrigiu, passado um instante.

O Furão abanou a cabeça.

— Sempre pensei que não nos devemos fiar nos livros. Só dizem mentiras.

— Mas então — disse Miguel — isto... isto é... uma magia?

O Furão não respondeu. Observou lentamente Miguel da cabeça até aos pés e depois perguntou outra vez:

— Mas, afinal, que espécie de animal és tu?

— Sou um menino — respondeu Miguel, ainda espantado por estar a falar com um animal.

— Um menino? — repetiu o Furão. — Um menino? Então és um filhote de homem!

Miguel nunca tinha pensado que era um filhote. Corrigiu-o:

— Sou um homem em ponto pequeno. Ainda sou muito novo, mas sou um homem.

— Sim, um filhote — exclamou o Furão. Depois, dando dois saltos, aproximou-se de Miguel. — Sabes que é a primeira vez que vejo um homem? Os filhotes de homem são tão raros neste bosque! — fez uma pausa e ergueu-se sobre as patas traseiras. — Olha lá — propôs ele —, queres ser meu amigo?

Miguel ainda não conseguia convencer-se de que estava a falar com um animal.

— Está bem — respondeu, distraidamente.

Ao ouvir estas palavras, o Furão saltou-lhe para o ombro e com o focinho húmido pôs-se a cheirá-lo no pescoço e em toda a parte.

— Mas o que é que estás para aí a fazer? Estás maluco! — gritou Miguel, tentando obrigá-lo a descer. — O que é que estás a fazer?

— Estou a travar amizade contigo — respondeu o Furão, admirado com a reacção. — Não é assim que vocês fazem?

Miguel pensou: para além de Frig, que nunca saía do seu lugar e não tinha nariz nem língua, nunca tinha tido nenhum amigo.

Entretanto, o Furão fazia-lhe cócegas com os bigodes.

— Bem — disse, passados uns instantes —, não, quer dizer, não sei... só tive um amigo, um frigorífico.

— Um frigorífico? — repetiu o Furão. — Que espécie de animal é isso?

— Não é nenhum animal, é... é um electrodoméstico... quer dizer, é uma coisa alta, branca, com muitas coisas de comer lá dentro... Eu comia sempre o que ele me dava.

— Ah, é a tua mãe.

Miguel olhou para o chão e suspirou.

— Eu não tenho mãe.

— Oh, por todas as tocas do mundo! Como é que é possível? — exclamou o Furão. — Todos os filhotes têm mãe.

— Bem, mãe tinha, mas não era mesmo minha mãe, era a fingir.

— A fingir? Era de palha? Não serás por acaso filho de um espantalho? — perguntou o Furão.

— Não, não! — respondeu Miguel.

— Então, vejamos, deixa-me adivinhar — disse o Furão, pensativo. — Portanto... portanto... vejamos... Não tens uma mãe a sério... dormes sozinho no bosque... estavas num colégio e fugiste... Tratavam-te mal? Tratavam, a sério, mais ou menos? Eh, uhmmm... tens carteira?

— Não.

— Livro de cheques?

— Também não.

— Uhmmmm... e não vais por acaso para casa da tua avó?

— Sim, vou — exclamou Miguel. — Como é que tu sabes? Ia mesmo para casa da avó quando me perdi no bosque.

— Ah, compreendo! É tão simples como uma lombriga cozida! Já sei o que tu és! És um enjeitado! Que estúpido que eu sou! O Mister Kakkolen já me disse tantas vezes! Se vais para o bosque passear, um enjeitado podes encontrar...

O Furão coçou uma orelha e suspirou.

— Se calhar, também estás triste, não?

— Tenho fome — respondeu Miguel, porque, para ele, estar triste e ter fome era a mesma coisa.

— Vem comigo, vamos a casa de Mister Kakkolen.

Miguel, de repente, ficou desconfiado.

— Um momento — disse —, quem é esse Mister?

— É um amigo meu — respondeu o Furão —, cheira muito bem e sabe um montão de coisas... Vamos?

Miguel não sabia o que fazer. Estavam a passar-se demasiadas coisas estranhas. Um animal que falava, um senhor com um nome daqueles e que cheirava muito bem, um bosque onde se ia parar sempre ao mesmo sítio...

Estaria ainda a sonhar?

Miguel tentou morder um dedo. Ai! Não era sonho, era tudo verdade... E também era verdade que estava sozinho no bosque há cinco dias e sem nada para comer.

«Se fico aqui mais um dia» pensou «transformo-me em merendinha para os abutres!»

— Está bem — disse Miguel ao Furão —, vou contigo.

O animal continuava no ombro dele, parecia uma gola de pele e não fazia menção de descer.

— Ouve uma coisa, Enj — sussurrou, com o focinho colado ao ouvido de Miguel.

— Não me chamo Enj! — interrompeu-o Miguel. — Chamo-me Miguel.

— Ah, desculpa — corrigiu o Furão. — Ouve lá, Miguel, não te importas que eu não desça? Vocês, enjeitados, são tão fofos e tão largos... está-se tão bem cá em cima.

Miguel sentia-se feliz. Pela primeira vez, alguém gostava que ele fosse gordo.

— Oh, não, deixa-te estar — disse, e seguindo as indicações do amigo, embrenhou-se no bosque.

Miguel e o Furão andaram, andaram, andaram. Sempre que Miguel dizia: — Estou cansado — o outro respondia: — Oh, já falta muito pouco.

E continuaram a andar, sem nunca parar. À noitinha, a floresta começou a ficar menos densa. Miguel cheirou o ar.

— Cheira a mar — disse.

— Pois cheira — respondeu o Furão —, é que Mister Kakkolen vive na praia. Estamos quase a chegar. Dá mais seis passos, contorna aquela giesta e vira à esquerda.

Miguel obedeceu e acabou por ir ter a uma grande praia cheia de dunas, com um mar azul forte com ondas muito altas.

— Estás a ver aquele fumo? — disse o Furão. — É para ali que temos de ir.

Andaram mais um pouco, enterrando-se na areia. Depois, de repente, apareceu uma casinha. Era pequena, tinha um telhado inclinado, e não era feita de madeira ou de tijolos, mas de cartazes publicitários colocados uns em cima dos outros. À porta, estava um homem mais largo do que alto, de grande barba branca. Vestia uma túnica que lhe chegava aos pés e era feita com folhas de jornal coladas umas às outras. Tinha uma folha de papel de computador na mão e parecia estar à espera deles.

O Furão saltou do ombro de Miguel e correu para o homem.

— Mister! — gritou. — Tenho uma surpresa.

Miguel, mal chegou junto do homem, estendeu-lhe educadamente a mão.

— Chamo-me Miguel e...

— Já sei tudo, meu rapaz — interrompeu-o Mister Kakkolen, e começou a ler o que estava escrito na folha de papel. — Portanto, hummm, vejamos: cabelo castanho... sim. Olhos verdes... sim. Idade aparente, oito anos... a idade coincide. Com peso a mais e *uhuhmmmm*, diz-me lá, tens mãe?

— Tenho, sim senhor — respondeu Miguel —, quer dizer, não tenho, quer dizer, tenho, mas é a fingir.

— Extraordinário! — exclamou o homem. — És mesmo o miúdo que eu procurava! — Depois apresentou-se. — Sou Mister Kakkolen — disse — e este que já conheces é o meu ajudante Fur Fur Furão.

«Ajudante de quê?» estava para perguntar Miguel, para quem as coisas pareciam cada vez mais confusas, mas, antes de ele abrir a boca, Mister Kakkolen agarrou-o por um braço e levou-o para casa.

Lá dentro, a casa parecia muito maior do que no exterior. Havia só uma sala, com uma mesa e umas cadeiras no meio, e as paredes estavam cobertas desde o chão até ao tecto com ecrãs de computadores. Havia alguns que estavam ligados e outros, não; no chão, dezenas e dezenas de cabos eléctricos ligados a um teclado enorme que estava num canto da sala.

— Senta-te — disse Mister Kakkolen, mal entraram. — Deves estar com fome.

— Para falar verdade — respondeu Miguel, que já tinha a barriga a uivar —, tenho um certo apetite.

— Bem, bem: então, vejamos... — Mister Kakkolen aproximou-se do teclado. Falava com os seus botões e, enquanto falava, ia carregando nas teclas. — Vejamos... menino de oito anos, ligeiramente obeso, jejum de oito dias, actividade preferida: não fazer nada; nome: Miguel... Cá está: prato preferido?

Na sala ouviu-se um ruído. *Plin plong*, acendeu-se um ecrã e a impressora vomitou um pedaço de papel. Mister Kakkolen arrancou-o da máquina e leu em voz alta:

— Pratos preferidos: pudins e pão-de-ló. É verdade, rapaz?

— É — respondeu Miguel, cada vez mais admirado. — É mesmo assim: adoro pudins e pão-de-ló.

— Perfeito... Nesse caso, põe o guardanapo, que daqui a um minuto está tudo pronto.

— Mas — disse Miguel, que não via à sua volta nem frigorífico nem forno — como é possív....

Mesmo antes de ele acabar a frase, Mister Kakkolen carregou noutra tecla e no ecrã apareceram por um instante pudins e pães-de-ló de todos os tipos; carregou noutro botão, a comida desapareceu do monitor, e, passado um segundo, apareceu em cima da mesa, mas feita com manteiga, ovos e farinha.

Mister Kakkolen desligou o computador e aproximou-se da mesa.

— Não me agradeças, rapaz, tudo o que aí vês é para ti.

Miguel não o deixou dizer duas vezes. Com uma mão, pegou num pão-de-ló inteiro, com a outra, pegou numa colher e enfiou-a no pudim. Passados dez minutos, em cima da mesa só havia migalhas e pratos sujos. Miguel tinha comido tanto que teve de desapertar as calças para poder respirar. Há muito tempo que não se sentia tão bem, com aquele calorzinho na barriga. Mister Kakkolen, sentado diante dele, olhava-o.

— Então — perguntou —, gostaste?

— Oh, foi maravilhoso — respondeu Miguel. Fez uma pausa. A comida gorgolhava-lhe na barriga, fazendo um barulho infernal. Queria fazer uma pergunta, mas tinha medo. Ainda não tinha percebido quem era aquele homem. Seria um mago bom ou um louco? Poderia confiar nele, ou não? Por fim, já que era obrigado a ficar naquela casa, decidiu falar.

— Como é que o senhor — perguntou — soube que gosto de pudins e de pão-de-ló?

Mister Kakkolen riu-se. Tão simples como um grão-zinho de sílex! Foi um amigo teu que me disse.

— Um amigo meu?! Mas eu não tenho amigos — protestou Miguel.

— Tens a certeza? — perguntou Mister Kakkolen, e aproximou-se de novo do teclado.

— Tenho, sou um miúdo gordo e não...

Acendeu-se um monitor na parede. Miguel olhou para ele. Só viu umas riscas brancas e pretas a atravessarem velozmente o ecrã. Depois, as riscas desapareceram de repente e começou a aparecer uma imagem. Parecia uma coisa branca e alta, luzidia.

— Conhece-lo? — perguntou Mister Kakkolen.

— É o Frig — gritou Miguel, dando um salto. — Como é possível? Então foi ele que...

De repente, Mister Kakkolen mudou de expressão. Parecia que alguma coisa o perturbava.

«Se calhar, falei de mais» pensou Miguel.

— Agora, basta — exclamou o Mister —, já perdi muito tempo — e agarrando Miguel pelos ombros, empurrou-o para a rua e fechou-se em casa.

Nessa tarde, Miguel, enquanto passeava pela praia com Fur Fur Furão, soube muitas coisas da vida de Mister Kakkolen.

Na realidade, Mister Kakkolen chamava-se José Pimpinela, e antes de ir viver para a praia tinha sido um grande inventor de coisas electrónicas. O seu nome era, de facto, um pseudónimo e derivava de duas das suas mais extraordinárias invenções: o Kakadetector e o Kakalarme. A primeira, explicou o Furão, gesticulando em pé nas patas traseiras, era um minúsculo sensor para aplicar na biqueira dos sapatos. Mal uma poia de cão, por mais pequena que fosse, aparecia no passeio, o Kakadetector emitia um som discreto que avisava o proprietário do perigo iminente, ou seja, que estava quase a pôr o pé numa coisa malcheirosa e mole.

A segunda invenção, o Kakalarme, era um minúsculo vibrafone que fazia ressonância. Colocava-se no colarinho da camisa e era muito útil para os conferencistas, os políticos, os professores e todas as senhoras da alta sociedade. De facto, o aparelho era capaz de interceptar, numa fracção de segundo, qualquer tipo de macaco que saísse do nariz. Nesse instante, produzindo um ruído igualzinho a um espirro, avisava o possuidor do risco que estava a correr.

Miguel ouviu tudo com muita atenção. Aqueles dois aparelhos eram realmente extraordinários. Ainda se lembrava daquele dia, na escola, em que a professora tinha dado uma aula inteira com um macaco a sair-lhe do nariz. Ninguém tinha tido coragem para lhe dizer e só quando ela gritara com todo o fôlego que tinha na garganta «Chumbo-vos a todos!», é que o macaco se tinha soltado e, após um voo muito curto, tinha caído em cima do miúdo que estava sentado na primeira carteira.

— São duas invenções maravilhosas — disse Miguel, entusiasmado —, muito úteis!

— Claro, Mik. Mister Kakkolen é o inventor mais maravilhoso que há no mundo, claro que é, mas... mas, sabes, é um tanto... um tanto... distraído...

— Distraído?

— Sim, de vez em quando, há muita confusão naquela cabeça, quer dizer, confunde tudo... Sabes, por exemplo, o Kakadetector, que devia ter sido o seu triunfo, foi a sua ruína.

— Porquê? É uma ideia tão boa! A minha mãe a fingir punha-se sempre aos gritos quando enfiava aqueles tacões finíssimos numa dessas...

— É uma ideia muito boa, óptima, só que Mister Kakkolen, sabes, também construiu modelos defeituosos, e és capaz de adivinhar a quem foi parar um deles?

— Não sei... à professora dele?

— Não, não, pior ainda! Muito pior! O modelo mais defeituoso de todos foi parar às mãos do Chefe Supremo de todos os Super Institutos Científicos do mundo e da galáxia.

— E não funcionou?

— Pior ainda! Muito pior! Mister Kakkolen, ao construí-lo, inverteu o circuito de um sensor, o sensor que servia para afastar a poia. Sabes o que é que acontece quando se inverte um sensor?

— Bem, acho que acontece o contrário...

— Estás a ver o que isso significa?

— É terrível! — gritou Miguel, vendo a cena como se estivesse a acontecer diante dele.

— Pois é, querido Mik, terrível. As poias de todos os animais existentes num raio de três quilómetros foram cair a toda a velocidade em cima dele... Por azar, nessa tarde, tinha passado por lá perto um circo com camelos e elefantes... Quer dizer... percebes, Mik, uma catástrofe... Mister Kakkolen teve de deixar à pressa o laboratório e escondeu-se aqui. — O Furão suspirou. — Sabe-se lá quantos Kakalarmes defeituosos não terá ele deixado por esse mundo!

— É uma história muito triste — disse Miguel, dando um pontapé numa concha que foi parar à água. Depois, lembrou-se dos computadores e dos fios eléctricos que tinha visto no laboratório. — Mas — perguntou, esperando por uma explicação — não deixou de trabalhar, pois não?

— Claro que não! Um inventor nunca pode deixar de inventar.

— E o que é que está a inventar agora?

— Oh, uma coisa importantíssima. Uma coisa tão importante que vai mudar o mundo inteiro. Mas — acrescentou o Furão — não te posso dizer o que é. Se disser, ele obriga-me a ficar calado para sempre. É Top Secret!

— Um «top secret»? E para que serve?

— Oh, Mik! Um Top Secret é um segredo muito secreto, uma coisa que não se pode dizer nem em troca de todas as bagas de groselha e de todas as minhocas cozidas do mundo.

Continuaram a andar pela praia, em silêncio.

«Que lugar tão estranho» pensou Miguel, olhando em volta. «Está sol, está calor, mas não há ninguém a tomar banho, não se vê um vendedor de gelados, um surfista, um barco a remos... nada...»

Além disso, perto do Instituto Estica-Larica, não havia nenhum lugar à beira-mar. A praia mais próxima ficava pelo menos a trezentos quilómetros. Seria possível que, em cinco dias, tivesse percorrido a pé uma distância tão grande?

Quando o Sol começou a pôr-se no horizonte, Fur Fur sugeriu que voltassem para trás. No caminho de regresso, um vento forte começou a soprar do mar. Miguel teve a impressão que não era um vento normal. Parecia-lhe ouvir vozes, no meio dos uivos. Apurou o ouvido.

— Que vento é este? — perguntou ao Furão.

— É um vento como outro qualquer — respondeu Fur Fur, aborrecido, e para evitar falar desatou a correr à frente dele.

Chegaram a casa com os últimos raios de luz. Mister Kakkolen interrompeu o seu misterioso trabalho e encomendou ao computador um jantar igual ao almoço.

No entanto, Miguel, pela primeira vez na sua vida, não tinha grande apetite. Só havia uma lampadazinha muito fraca no meio da sala, e o ambiente parecia muito mais lúgubre do que à hora do almoço. Miguel começava a ter medo. Em breve seriam horas de dormir. O que iria acontecer naquela noite? O que o Furão lhe tinha dito seria verdade? Mister Kakkolen continuava às voltas com as máquinas e parecia muito atarefado. Em que é que estaria a trabalhar? Miguel procurou Fur Fur com os olhos. Tinha desaparecido.

Como Mister Kakkolen não se dignava prestar-lhe atenção, decidiu ir para a praia procurá-lo. Em pontas de pés, conseguiu chegar até à porta e mal a fechou atrás de si, pareceu-lhe ouvir, do outro lado da parede, a voz de Frig.

— *Bzzapbrrr? Zuutrrr!*

Seria possível? Estaria a sonhar? Não, não estava a sonhar! Era mesmo a voz dele! Frig estava ali, e estava a falar com alguém. Tinha-o ouvido muito bem pronunciar o nome dele e os seus títulos de nobreza: Cavaleiro Lua Cheia, Marquês dos Pudins e do Pão-de-ló.

Miguel não resistiu à tentação de espreitar. Por sorte, o buraco da fechadura era suficientemente grande para poder ver alguma coisa. Mister Kakkolen estava de pé diante dos monitores. O que é que havia nos monitores? Nos dois que conseguia ver, só havia riscas brancas e pretas, o terceiro... Incrível! No terceiro, via-se a cozinha da casa dele e, bem lá no meio, Frig, branco e impassível.

Frig estava a falar dele com Mister Kakkolen!

Nesse instante, enquanto Miguel estava de olho colado ao buraco da fechadura, um dos outros dois ecrãs iluminou-se e, em vez das riscas, Miguel viu-se a ele próprio, a espiar à porta.

Fora de casa, havia uma câmara de televisão para controlar!

Não teve tempo para se afastar, porque, de repente, Mister Kakkolen gritou:

— Espião! — e caiu-lhe em cima.

Miguel ficou tão assustado que sentiu as pernas derreterem-se como dois gelados fora do congelador.

— Não... não vi na...nada, se...senhor — balbuciou, enquanto Mister Kakkolen o arrastava para o laboratório.

— Nada, ju...juro... só esta...estava...

Mister Kakkolen nem parecia ouvi-lo. Obrigou-o a sentar-se numa cadeira e sentou-se à frente dele.

— Muito bem, rapaz — suspirou —, ou melhor, muito mal, descobriste tudo.

Miguel tentou negar mais uma vez.

— Paciência — continuou Mister Kakkolen —, mais tarde ou mais cedo, acabarias por saber, porque tudo o que estou a fazer tem muito a ver contigo, muito mesmo.

Miguel começou a tremer como uma folha.

— Imagino — disse Mister Kakkolen — que me ouviste falar com o teu amigo Frig.

— Não, quer dizer... sim, ouvi.

— Pois é, há já algum tempo que estou em contacto com Frig, estou em contacto com ele e com dezenas e dezenas de máquinas de lavar a louça. Estou em contacto com as batedeiras eléctricas, os cortadores de relva, as torradeiras, os aspiradores e os primos deles, os batedores de carpetes... Nos últimos tempos, também iniciei um diálogo muito construtivo com as iogurteiras e os microondas... Falo com eles todos os dias, por intermédio dos meus computadores, e eles respondem-me.

— O senhor compreende a linguagem do Frig? — perguntou Miguel.

— Claro, rapaz, compreendo muito bem a linguagem do Frig e de todos os outros electrodomésticos. Acabei de te dizer, não acabei? Falo com eles todos os dias. Se não fosse ele, nunca terias saído do bosque.

— Então foi ele! — disse Miguel, feliz por Frig não o ter abandonado. — E... e foi ele que lhe disse que gosto de pudins e de pão-de-ló?

Mister Kakkolen suspirou.

— Foi, Mik. O Frig contou-me tudo acerca de ti, falou-me da tua mãe a fingir, das dietas e de tudo o resto... Em suma, disse-me que és um rapazinho muito bom e muito infeliz.

— Oh, é verdade — murmurou Miguel, que começava a comover-se com a sua própria vida —, é bem verdade, mas o que é que posso fazer, se gosto tanto de comer?

— O problema não é esse — disse Mister Kakkolen — ou antes, parece ser esse, mas não é... Sabes — continuou ele, cofiando a barba —, aqui há uns anos, uma máquina de lavar já velhota, uma das minhas amigas mais queridas, mandou-me um miúdo, em suma, para resumir, um miúdo que era filho de um escritor e de uma poetisa. Os pais queriam que ele passasse a vida na penumbra de uma biblioteca, que estivesse mais tempo parado do que em movimento. Mas sabes qual era a paixão dele?

— Comer?

— Não, a paixão dele era o râguebi. Era alto e forte como um touro, havias de ver! Tinha mesmo estofo de campeão. Os pais mantinham-no sempre fechado em casa, e por isso tinha ficado amigo da máquina de lavar a roupa; sentava-se diante dela, e perguntava-lhe: «Quando é que lavarás as minhas camisolas todas sujas de lama quando é que lavarás as minhas camisolas todas sujas de lama quando é que lavarás as minhas camisolas todas sujas de lama...» Como é natural, para resumir ainda mais, salvei-o. Mas... mas agora...

— Agora... — repetiu Miguel, que via o seu futuro em perigo.

— Agora — disse Mister Kakkolen —, mesmo que tivesse dez ajudantes, não conseguia fazer nada. As coisas precipitaram-se, rapaz, todos os dias recebo milhares e milhares de apelos dos electrodomésticos de todo o mundo: ou é um miúdo que é infeliz por isto, ou é outro que é infeliz por aquilo... Se os ouvisse a todos, ficava maluco, acredita.

— E então?

— Então, o problema já vem de trás, meu menino. Quer dizer, não há pai que esteja satisfeito com os filhos que tem.

— Comem todos de mais?

— Há quem coma de mais e quem coma demasiado pouco; quem fale de mais e quem esteja demasiado calado; quem goste de olhar para as nuvens e quem nunca tenha erguido os olhos para o céu. Em suma, hoje em dia, já não há no mundo uma só criança que se porte bem.

— Nem as que têm uma mãe de verdade? — perguntou Miguel, pensando no seu caso.

Mister Kakkolen deu um suspirou mais profundo do que o primeiro e ajustou um jornal da túnica, que tinha ficado torto.

— Nem esses, rapaz, nem os órfãos.

— E então?

— Então, é assim: há qualquer coisa estranha por detrás disto.

— Uma magia? — perguntou Miguel, já quase convencido de que as magias existiam.

Mister Kakkolen não respondeu. Continuou.

— Com todos os meus aparelhos, aqui, em todos estes anos, fui fazendo uns estudos — para resumir, não te digo o quê — e, em suma, tenho umas suspeitas, umas graves suspeitas. Quer dizer: temos de agir o mais rapidamente possível.

— Temos? — repetiu Miguel. Não acreditava no que estava a ouvir. — Temos?

— Sim, eu e tu temos de fazer qualquer coisa: foi por isso que te fiz vir até cá.

— Mas eu...

— Queres dizer que o Frig se enganou? Não és por acaso um cavaleiro?

Miguel, atingido no seu amor-próprio, levantou-se.

— Sou, pois! Sou o Cavaleiro Lua Cheia!

— E não tens medo de nada?

59

— De nada! — gritou Miguel, e estava a mentir, porque o medo era tanto que o rolo de carne da barriga já lhe tremia tanto como se fosse um pudim.

Miguel e Mister Kakkolen passaram a noite toda acordados. Mal se confirmou que o rapaz era um verdadeiro cavaleiro e não tinha medo de nada, Mister Kakkolen começou a explicar-lhe qual era o problema que já vinha de trás.

— Olha para aqui — disse, acendendo um ecrã.— O que é que vês?

Viam-se dezenas e dezenas de arranha-céus quase tão altos como o céu.

— Vejo uma cidade — respondeu Miguel.

— E o que é que vês na cidade?

— Muitos automóveis, muita gente a correr.

— Como é que te parece essa gente?

— Magra — respondeu Miguel, para quem o peso era a primeira coisa que saltava aos olhos.

— Magra, e que mais? — Mister Kakkolen parou a imagem no ecrã. Em primeiro plano, via-se uma dezena de pessoas paradas. Miguel olhou melhor. Aquelas caras eram-lhe familiares. Conhecia-as ou... Já sabia! Tinham uma expressão igualzinha à da sua mãe a fingir.

— Estão com pressa, Mister e... parecem... parecem... sim, parecem um tanto nervosas.

— Exacto, Mik, é mesmo isso. Estão muito nervosas. Agora, olha para esta imagem.

No ecrã apareceu uma cidade não muito diferente da outra. Mister Kakkolen fez as mesmas perguntas. Miguel, depois de ter observado bem, deu as mesmas respostas.

Colocaram-se diante de outro monitor.

— Agora, Mik, olha para aqui.

Um ecrã a cores iluminou-se. A imagem de uma pastagem alpina começou a surgir, devagarinho. A erva era de um verde brilhante e sobre a erva, de pé ou deitadas, havia muitas vacas.

— O que é que vês, Mik?

— Vejo prados.

— E que mais?

— Muitas vacas.

— E como é que são as vacas?

— Ora, as vacas são todas iguais! Não têm cara!

— *Buuum* — gritou o Furão, que tinha regressado entretanto. — Que estúpida resposta de humano!

— Mik — disse Mister Kakkolen, olhando-o bem de frente —, os frigoríficos são todos iguais?

Miguel pensou em Frig e no frigorífico que havia em casa do seu colega de carteira.

— Oh, não, não há dois iguais.

— Estás a ver? Olha outra vez para as vacas.

— Pronto, o que é que hei-de dizer? Estão calmas. Mas as vacas estão sempre calmas.

— Então, olha para aqui.

No ecrã, a imagem mudou. Em vez das vacas, apareceu um grupo de leões.

— E estes? — perguntou Mister Kakkolen.

— São leões. Estão a dormir e a coçar a barriga.

Mister Kakkolen carregou num interruptor e desligou os monitores todos.

— Portanto, rapaz, se os leões estão a dormir e as vacas estão calmas, é porque...

Miguel não percebia nada.

— A matemática não é o meu forte — disse.

— Tenta.

— Pronto, talvez, sim: se os leões estão a dormir e as vacas estão calmas, quer dizer que os leões não comem as vacas...

— Não! — gritou Mister Kakkolen. — Erro colossal! Se as vacas estão calmas, os leões estão a dormir e as pessoas andam para aí a correr, todas nervosas, é porque... porque...

— Porque têm pressa — murmurou Miguel, ainda mais baixinho.

— Não! — A barba de Mister Kakkolen tremia. — Não. Se as pessoas andam para aí a correr, todas nervosas, é porque há qualquer coisa errada no mundo: e é aí que está o problema. Percebeste, cavaleiro?

Embora não tivesse percebido nada de nada, Miguel gritou:

— Claro que percebi! — e pôs-se em sentido.

Mister Kakkolen viu as horas num mostrador luminoso.

— Por todas as resistências! — exclamou. — Já estamos muito atrasados. São horas de começarmos a trabalhar... Tu, Mik, vai para ali, e tu, Fur Fur, carrega na alavanca *Pix*!

— É para já, Mister — gritou o Furão, feliz por o plano Top Secret ir começar, e desapareceu na casa de banho. Passados uns segundos, gritou: — Já está, Mister.

Miguel estava a um canto e olhava para tudo com muita atenção. O chão da sala começou a tremer, tremeu o chão e a casa toda: parecia que os computadores e tudo o resto iam saltar das paredes; tremeu tudo até que duas tábuas do chão se abriram, com um rangido tremendo. Apareceu um buraco negro e desse buraco negro foi saindo, lentamente, uma espécie de gaiola de vidro. Depois, ouviu-se o estrondo das tábuas a unir-se outra vez, e tudo voltou a ficar imóvel.

Miguel pôs-se a olhar para aquele estranho instrumento: tinha o tamanho suficiente para uma criança, e estava cercado por dezenas e dezenas de fios eléctricos de todas as cores. Miguel, só de o ver, sentia tremer-lhe a carne toda que tinha. Para que serviria aquilo? Tinha um estranho pressentimento, mas não se atrevia a falar.

Entretanto, Mister Kakkolen tinha tirado um espanador da túnica e estava a limpar o pó ao aparelho como se fosse o seu velho automóvel.

— Queres comer alguma coisa, Mik? — perguntou-lhe, mal acabou de limpar.

Miguel tinha o estômago tão fechado como um cofre-forte.

— A... agora? Por... por que te... tenho de comer a... agora?

Mister Kakkolen encolheu os ombros.

— Só perguntei porque é sempre melhor trabalhar de barriga cheia.

— Mas eu, Mister, não sei trabalhar — respondeu Miguel, tentando disfarçar as tremuras.

— Para já, só tens de te sentar ali dentro.

— A... ali den... dentro, Mister? Mas o... o que é a... aquilo? Uma má... máquina do tem...tempo?

— Não faças perguntas, rapaz. Cobre-te com uma folha de jornal, que estás a tremer muito. Uma constipação, nesta altura, não vinha nada a calhar. Fur Fur — ordenou Mister Kakkolen —, acompanha-o ao seu posto.

O Furão obedeceu, e com uma vénia abriu a portinha de vidro da gaiola.

— Faça o favor de se sentar, cavaleiro.

Miguel sentou-se no banco que havia no meio da gaiola. Mister Kakkolen foi ter com ele e ligou-lhe uns fios eléctricos aos braços, à cabeça e às pernas.

— Mik — disse ele, ao sair —, agora vou fazer-te umas perguntas e tu tens de ser sincero.

— Está... está bem, Mister — respondeu Miguel.

Fez-se um instante de silêncio. Mister Kakkolen aproximou-se do teclado e ligou todos os comandos eléctricos que havia no laboratório. Miguel fechou os olhos.

«Oh, mamã» pensou «por que é que não fui um menino obediente? Em vez de estar aqui, podia estar contigo e com o papá num parque, a fazer *footing*!» De repente, o medo fazia-o achar maravilhoso tudo o que sempre tinha detestado.

— Tudo a postos? — perguntou Mister Kakkolen.

— Tudo a postos! — respondeu o Furão, depois de ter confirmado que a gaiola estava fechada.

— Tu... tudo a p... postos — murmurou Miguel, com um fio de voz.

— Óptimo! Comecemos. Portanto, portanto... — Mister Kakkolen apalpou os bolsos da túnica. — Portanto, onde é que está o formulário? Ah, está aqui.

Miguel viu Mister Kakkolen tirar do bolso uma espécie de livro de cozinha.

— Portanto, vejamos... página... página...

— Página trezentos e noventa e um! — sugeriu o Furão, com um estranho sorriso no focinho.

— Cá está, página trezentos e noventa e um — Mister Kakkolen ficou muito direito, em posição solene, e começou a ler em voz alta:

— *Uhmm*, tu, aqui presente, Miguel Fuscellini, confirmas perante testemunhas que és o Marquês dos Pudins e do Pão-de-ló?

— Con... confirmo — balbuciou Miguel.

— Também confirmas que foste investido do título de cavaleiro pelo Frigorífico, marca Pinguinik, modelo 812, no dia 3 de Março de 1988?

— Con... confirmo, mister.

— O teu nome de guerra é «Cavaleiro Lua Cheia»?

— É, sim.

— E não tens medo de nada?

— Não, Mister. P... posso lutar com dra...dragões e bei...beijar as rã... rãs.

— Óptimo... e estás convencido de que há qualquer coisa errada que já vem de trás, isto é, não gostas da forma como vai o mundo?

— Es... estou — respondeu Miguel, pensando no que seria a tal coisa que estava errada e que já vinha de trás.

— Então, estás mesmo disposto a combater pela D.E.D.O.?

— Dedooo? — exclamou Miguel.

— D.E.D.O. Mik — disse Mister Kakkolen, muito sério. — D.E.D.O.!

Miguel ficou uns instantes em silêncio. Depois, como não podia fazer mais nada, reuniu todas as suas forças e, com um fio de voz, murmurou:

— Estou...

— Perfeito — exclamou Mister Kakkolen, satisfeito. — Nesse caso, podemos continuar... Fur Fur?

— O que é, Mister?

— A página da fórmula!

— Três mil e um, Mister.

Mister Kakkolen folheou o calhamaço.

— ... Dois mil novecentos e noventa e nove... três mil... Três mil e dois... Fur Fur!

— O que é, Mister?

65

— Falta a página que nos interessa!

O Furão encolheu os ombros.

— Devem ter sido os ratos. São amantes da cultura.

Miguel, atado à cadeira, suspirou de alívio.

— E agora? — perguntou.

Mister Kakkolen fechou o livro.

— Agora já não podemos parar, e por isso vou trabalhar de cor.

Miguel lembrou-se do que o Furão lhe tinha dito: «Mister Kakkolen é muito distraído.» Uma coisa dura tapou-lhe a garganta. Quase já não conseguia respirar.

Entretanto, Mister Kakkolen aproximara-se da gaiola. Estava de olhos fechados e de mãos estendidas. Começou a falar. A sua voz era muito mais cavernosa do que antes.

— Borboleta que da fenda vem à superfície, esvoaça no estábulo... e... e...

O Furão puxou-o pela túnica:

— Mister, essa é a receita duzentos e cinquenta!

Mister Kakkolen abriu os olhos.

— Tens razão, Fur Fur, ia cometer um erro tremendo. Portanto, *uhmm*, vamos voltar ao princípio.

— Gordo unto untado voa secretissimus et nojentissimus...

— Mister — gritou, nesse instante, o Furão, puxando-lhe pela túnica. — Mister, há um err...

Mister Kakkolen estava demasiado concentrado para o ouvir.

— ... Nojentissimus atque gordurosissimus per omnia coeli flutuando per seculissimis mucosmolíssimos molengões ex-gordo intrepidus. Pimpinli, pimpinlá, faça-se a magia já!

Logo às primeiras palavras, Miguel notou que se estava a passar qualquer coisa no seu corpo: sentia um formigueiro

66

que lhe ia dos dedos até ao nariz, do nariz até aos dedos dos pés; o formigueiro foi ficando cada vez mais intenso, e mal Mister Kakkolen acabou de dizer a fórmula, Miguel viu-se projectado contra o tecto: como se tivesse asas, andava de um lado para o outro, no meio das traves.

Mister Kakkolen voltou a abrir os olhos.

— Onde é que está o Mik? — perguntou, ao ver a gaiola vazia.

— Está lá em cima! — respondeu o Furão, rindo à socapa.

— Mister Kakkolen! — gritou Miguel. — Como é que desço daqui?

— Encolhe as asas e plana até cá abaixo.

— As asas? — repetiu Miguel, que ainda não tinha reparado que já não era um menino.

— Sim, as asas, as asas! — gritou Fur Fur. — E tem cuidado para não bateres com o focinho, como fazem todos os mor...

Com um gesto, Mister Kakkolen fê-lo calar.

— Como todos o quê? — gritou Miguel, e ao ver os seus antigos braços transformados em asas, sentiu gelar-se-lhe o sangue nas veias.

— Desce — disse Mister Kakkolen, categórico — e não te ponhas com histórias.

Miguel obedeceu. Virou as asas para a direita e para a esquerda, inclinou a cabeça e começou a descer. Mal conseguiu aterrar, agarrando-se com as patas ao espaldar de uma cadeira, soltou um grito de horror. Tinha visto a sua imagem reflectida como num espelho no ecrã apagado de um computador.

— Mister! — gritou. — Transformei-me em morcego!

Mister Kakkolen alisou a barba.

— Sim, um errozito.

— Um erro... zito? — balbuciou Miguel, e por um instante pensou se os morcegos seriam capazes de chorar.

— Um pequeníssimo erro, Mik: em vez de te transformar em albatroz, transformei-te num morcego, mas num morcego especial, ou melhor, muito especial.

Miguel sentia as lágrimas descerem-lhe dos olhos e molharem-lhe o pêlo do focinho.

— Mas, Mister — murmurou, banhado em lágrimas. — Eu... eu quero ser um menino...

— Ninharias estúpidas! — trovejou Mister Kakkolen. — O que importa é o que se sente, não o que se parece. Para a primeira fase do nosso plano D.E.D.O., tens de voar em silêncio, e portanto também serve muito bem assim.

Miguel fungou ruidosamente com o seu nariz enorme e cartilaginoso.

— Mas... mas quando é que posso voltar a ser um menino?

Intimamente, receava que Mister Kakkolen se tivesse esquecido da fórmula inversa.

— Calma, paciência e alegria, rapaz! Cada tempo para sua coisa. Entretanto, mostra-me lá como é que voas.

Miguel obedeceu. Nem quando estava gordíssimo era tão feio. Bateu as asas membranosas e esvoaçou até à mesa.

Depois de ter virado um par de vezes a várias altitudes, aterrou com precisão no centro da mesa.

— Como se queria demonstrar: perfeito! — exclamou Mister Kakkolen, e metendo uma mão no bolso da túnica, tirou um papel.

— Passemos às instruções... *uhm... uhmmm*, cá está, portanto: para consolidar as minhas consolidadas suspeitas, tens de levantar voo hoje à noite e voar até à cidade. Ficarás lá três dias, voando de noite e dormindo de dia, e, quando o prazo terminar, voltarás aqui com todas as informações necessárias para pormos em prática o nosso grande plano.

Dito isto, Mister Kakkolen pegou com toda a delicadeza em Miguel e dirigiu-se para a porta do laboratório.

Miguel, que não tinha percebido nada, queria pedir-lhe mais explicações, mas não teve tempo, porque Mister Kakkolen abriu a porta e atirou-o ao ar, como se atira arroz nos casamentos.

Quando já ia a uma certa altitude, Mister Kakkolen gritou-lhe:

— Vai! E não te esqueças de comer mosquitos, rapaz.

— E moscas! — acrescentou o Furão.

Depois, fecharam a porta, e, de repente, Miguel viu-se sozinho, no escuro.

Durante algum tempo, esvoaçou confuso por cima da praia; depois, foi subindo e viu ao longe uma luzinha.

«Deve ser a cidade» pensou, e com um golpe de asas enérgico dirigiu-se para lá.

Capítulo quinto

ERRO COLOSSAL

Claro que ser um morcego não era agradável, mas voar, pensou Miguel, passando por cima das casas da periferia, até era divertido. Em primeiro lugar, já não sentia a barriga. Nem a barriga, nem as coxas gordas. Bastava mexer um pouco um braço e logo, como se fosse feito de papel de seda, ia para a direita e para a esquerda, podia subir e descer como lhe apetecesse. As casas, os rios, as árvores, as estradas e os automóveis, os carris e os comboios eram iguaizinhos aos dos jogos de construções.

Já andava a voar há algum tempo quando pensou que era impossível já ter sido um menino e vivido lá em baixo. Tentou calcular quanto tempo tinha passado desde a última vez que tinha visto os seus pais de fingir. Uma semana, talvez, ou mais de um mês, ou um ano inteiro. Tinha perdido a conta ao tempo desde que fugira do Instituto Estica-Larica.

Ao pensar na sua família a fingir, Miguel, de repente, sentiu uma pontada debaixo do pêlo. Era o coração.

«Tenho saudades» pensou Miguel, e como estava cansado e não fazia a mais pequena ideia das suas obrigações, decidiu ir fazer uma visitinha a sua casa.

Não foi difícil encontrá-la. Lá de cima, via-se muito bem o grande centro comercial onde ele e a mãe iam fazer as compras. Mais adiante, era a escola primária e depois, seguindo sempre em frente, ao fundo de uma alameda de plátanos, ficava a casinha com jardim onde tinha crescido.

Miguel aproximou-se, esvoaçando em silêncio. A erva do jardim tinha crescido, e a sua bicicleta estava encostada ao muro, toda enferrujada. As portadas das janelas estavam abertas. Como havia luar, era fácil ver o que havia lá dentro. Miguel pousou num parapeito e encostou o focinho ao vidro: era a janela da sala, e a primeira coisa que Miguel viu foi uma enorme desarrumação e muitas caixas de bombons vazias.

«Se calhar, a minha mãe a fingir já não mora cá» pensou e, para se certificar, voou para a janela do quarto dela.

Viu-a logo. Como estava calor, dormia por cima dos lençóis; no quarto também reinava uma grande desarrumação e em todo o lado havia caixas de doces abertas. A mãe tinha uma cara muito triste.

«Deve ter engordado uns gramas» pensou Miguel, e, nesse mesmo instante, reparou numa coisa incrível. Por cima da cabeça da mãe, havia uma nuvenzinha quadrada como um ecrã de televisão, mas um ecrã de televisão que não consegue captar o programa, na nuvenzinha só havia riscas brancas e pretas.

«O que é que terá acontecido?» pensou Miguel, e ficou ali parado, a olhar para ela.

Depois, de repente, no céu apareceram os primeiros raios de sol, e a nuvenzinha desapareceu como por encanto. Miguel cobriu o focinho com uma asa: a luz incomodava-o.

«Tenho de me esconder» pensou e de repente, ligeiro, voou para fora do parapeito.

Miguel não estava muito informado acerca da vida dos morcegos; para além de saber que eram nojentos, só sabia, por ter visto nuns telefilmes, que costumavam dormir de cabeça para baixo, pendurados nas grutas. O bairro onde ficava a casa dele era um bairro moderno, e não havia nem sombra de grutas ou de outros buracos.

«O único sítio escuro e escondido» pensou Miguel «é o cano da chaminé.» E sem perder mais tempo, voou para o telhado e enfiou-se lá dentro.

Estava escuro como breu e os grumos de fuligem que havia nas paredes estreitas tornavam-nas escorregadias. Com muito cuidado, Miguel foi descendo, tijolo após tijolo, até encontrar uma saliência: agarrou-se a ela com as compridas unhas dos pés e deixou-se cair de cabeça para baixo, como uma camisa estendida na corda da roupa.

Fosse pela estranha posição em que estava, ou por todas as coisas extraordinárias que lhe tinham acontecido nas últimas horas, não conseguiu adormecer logo.

Pensava e voltava a pensar na nuvenzinha que tinha visto por cima da cabeça da mãe. Não conseguia perceber o que era. Depois, o cansaço venceu-o e adormeceu. Dormindo, sonhou, e em sonhos percebeu o que não tinha percebido quando estava acordado: a nuvenzinha era o espaço destinado aos sonhos! Portanto, os sonhos da sua mãe a fingir eram riscas brancas e pretas, quer dizer, não sonhava com nada.

«Será possível?» pensou Miguel, e nesse mesmo instante a campainha do telefone fê-lo abrir os olhos.

Como o telefone estava perto da chaminé, Miguel ouviu tudo muito bem: tocou quatro ou cinco vezes antes de alguém levantar o auscultador. Depois, a sua mãe a fingir disse: — Estou? — com uma voz muito cansada.

«Do outro lado» pensou Michel «deve estar o meu pai a fingir.»

— Nenhuma notícia? — perguntou a mãe a fingir. — Nem a polícia? Os bombeiros? Os mergulhadores? Os pára-quedistas?

Houve uma pausa.

Miguel ouviu a mãe suspirar:

— Oh, Artur, já não posso mais... — fungou ruidosamente como nunca a ouvira fungar. — Achas que vai voltar? Sim, sim, querido, enchi o frigorífico com tudo o que há de melhor. E a despensa, sim... biscoitos, pudins, pão-de-ló, latas de atum, maionese... Chupas--chupas... Oh, Artur, onde é que ele estará? Sempre que vejo na rua um rapazinho gordo...

A mãe desatou a chorar desalmadamente.

«Estão a falar de mim» pensou Miguel, e sentiu uma estranha comichão no nariz e nos olhos. Tentou conter--se. Em vão. Passado menos de um segundo, um potente espirro rasgou o ar, as patas largaram a presa, e Miguel mergulhou como uma pedra nas cinzas da lareira.

— Artur — disse a mãe ao telefone —, está aqui uma coisa estra... Ahhhhaaaahhhhh!

O famoso grito da mãe chegou aos ouvidos de Miguel mal ele começou a esvoaçar pela sala.

— Mamã, sou eu — gritou ele mais alto, e voou para ela.

A mãe deixou cair o auscultador e pegou numa vassoura que estava perto.

— Animal maldito, nojento. Eu... eu... dou cabo de ti, es... es... esmigalho-te — gritou, e começou a persegui-lo.

A vassoura girava pela sala como um taco de *baseball*. Miguel tinha cada vez mais dificuldade em fugir-lhe. Estava sem fôlego e, chocando com tudo, continuava a gritar:

— Sou eu, mamã, sou o Miguel, o teu elefantezinho. Inútil. A mãe não conseguia ouvi-lo.

Extenuado, com as últimas forças, Miguel conseguiu chegar a uma janela aberta, saiu e pousou no primeiro ramo. Uns pássaros que lá estavam fugiram aterrorizados, mal o viram. Miguel encostou o lombo peludo ao tronco: o coração batia-lhe muito depressa e as lágrimas, como uma torrente de montanha, caíam-lhe do focinho para a barriga.

— Mister Kakkolen — gritou, entre soluços. — Mister Kakkolen! Frig! Ajudem-me! Quero voltar a ser um menino!

Ninguém lhe respondeu.

Estava a anoitecer. Nas casas em redor começavam a acender-se as luzes e no ar já se sentia o cheiro das cozinhas.

Miguel pensou que o culpado de toda aquela embrulhada era ele. Se não tivesse deixado que Frig lhe desse o título de cavaleiro e não tivesse fugido do Instituto Estica-Larica, nada lhe teria acontecido. Suspirou. Só havia uma coisa a fazer: cumprir o seu dever de morcego.

Saltou do ramo com voo ligeiro e afastou-se do jardim, dirigindo-se para o centro da cidade. Queria ver com que sonhavam as pessoas. Começou por ir ao prédio onde morava a professora. Estava a dormir numa cadeira, com a cabeça apoiada num pilha de trabalhos dos alunos. Por cima dela, via-se uma pequena nuvem igualzinha à da sua mãe de fingir, quer dizer, a professora não sonhava com nada.

«Deve ser um acaso» pensou Miguel, e foi logo ver com que sonhava o leiteiro. Ele e a mulher estavam a dormir numa grande cama muito bem feitinha. Tinham umas caras muito tristes e as suas nuvenzinhas estavam tão vazias como um aquário depois da morte dos peixes.

Depois, foi a casa do homem da bomba de gasolina, do sinaleiro que dirigia o trânsito à frente da escola, e a casa da rapariga que vendia gelados: nenhum deles estava a sonhar.

«Deve ser um acaso» pensou outra vez, e foi a casa do seu pai a fingir.

«Pelo menos ele» pensou Miguel «deve sonhar com automóveis de corrida novinhos em folha.»

O pai estava a ressonar alto e dormia enroscado como um insecto: mas não sonhava com nada.

Invadido por uma terrível suspeita, Miguel espreitou a todas as janelas que ia encontrando. Viu dormir dezenas e dezenas de pessoas e nuvenzinhas vazias suspensas sobre as suas cabeças.

Às primeiras luzes da madrugada, refugiou-se no campanário da igreja e aí, pendurado nos sinos, descansou.

Na noite seguinte, repetiu o passeio da noite anterior, e viu exactamente as mesmas coisas: não havia nenhum sonho vagueando pelo mundo.

«Que estranho!» pensou Miguel, e como já tinha passado o terceiro dia, saiu da cidade e regressou ao laboratório de Mister Kakkolen.

O primeiro a vê-lo foi o Furão. Estava a limpar o pêlo à porta do laboratório quando Miguel, voando pesadamente, virou por cima da praia.

— Mister! — gritou, levantando-se. — O morcego está de volta!

Mister Kakkolen saiu mesmo a tempo de ver a desastrosa aterragem de Miguel. Foi ao encontro dele e apanhou-o.

— Então, rapaz, como é que foi?

Miguel estava sem fôlego, deixou-se ficar uns instantes na palma da mão de Mister Kakkolen sem conseguir dizer fosse o que fosse. Depois, ergueu-se e disse:

— Mister, estou vivo por milagre! — E contou-lhe a tremenda aventura que tinha vivido em casa dele.

Mister Kakkolen não parecia muito interessado na sua história. Com a mão que tinha livre puxava nervosamente pela barba e fazia «uhmm, uhmmm».

— Ora — comentou no fim —, coisas banalíssimas para um morcego, coisas banalissíssimas! — e sem dizer mais nada, entrou no laboratório com Miguel na mão.

— É melhor que recuperes as forças antes de me contares o resto — disse, mal entraram e, depois de ter pousado Miguel em cima da mesa, ligou o grande teclado do computador.

— Mosquitos ou moscas? — perguntou.

Miguel engoliu em seco:

— Para falar verdade, Mister — disse, mentindo —, não tenho muita fome, comi muitas merendinhas em voo.

— Tanto melhor — disse Mister Kakkolen —, poupa-se tempo. E sentou-se em frente de Miguel.

— Então, Mik, com as tuas superorelhas munidas de radar ouviste alguma coisa que nos leve a pensar que o plano D.E.D.O. tem sentido? Ou seja, que há qualquer coisa torta no mundo?

Miguel suspirou.

— Bem, Mister — disse —, para falar verdade, vi, mas não sei se era uma fantasia ou uma coisa que existia mesmo.

— O que era?

— Por acaso, vi a minha mãe a fingir a dormir e... e... tinha uma nuvenzinha parecida com um televisor por cima da cabeça.

Mister Kakkolen sorriu, satisfeito:

— E que mais?

— Bem, todas as pessoas que estavam a dormir tinham essa nuvenzinha e...

— E o que é que se via lá dentro?

— Pois aí é que está, Mister, o estranho é que não se via nada.

— Por todos os ultra-sons do mundo! Tens a certeza?

— A certeza absoluta, Mister! Não havia nada na nuvem do homem da bomba de gasolina, nem na do sinaleiro; e a da professora e da rapariga que vende gelados também estavam vazias.

Mister Kakkolen levantou-se e ergueu os braços ao céu.

— Perreka! — exclamou. — Perreka! Todos os meus fundados são suspeitos! Ou seja, todos os meus fundeitos são suspatos, em suma, rapaz, para resumir, por todos os eléctrodos! Eu é que tinha razão!

Miguel olhou para a barriga peluda e para as asas transparentes. Suspirou: conseguira levar a bom termo a sua missão.

— Agora, Mister — disse o mais alto possível —, agora já posso voltar a ser um menino?

Mister Kakkolen não o ouviu. Já estava às voltas com o grande computador, carregava numa tecla e depois noutra, as imagens apareciam e desapareciam no ecrã e, de tempos a tempos, gritava: «CQD! CQD!», ou seja, Como se Queria Demonstrar.

Miguel voou-lhe para o ombro.

— Mister — sussurrou-lhe ao ouvido —, queria saber quand...

Mister Kakkolen carregou num botão vermelho.

— Paciência, Mik — disse —, daqui a um segundo explico-te tudo.

Miguel tremeu. O que é que ainda havia a explicar? A sua missão ainda não teria terminado? Não tinha feito tudo o que lhe tinha sido recomendado?

Mister Kakkolen desligou o computador e, com Miguel pousado no ombro como um mocho, saiu de casa. Quando chegou à beira-mar, começou a falar e a fazer muitos gestos.

— Há coisas que não sabes e deves saber. A história começa muito antes, ou seja, muito atrás, em suma, para resumir, é uma história muito comprida. Começa quando começa a história, ou melhor, começa antes, quando não havia história mas já havia Terra. Na Terra só havia um escarro, uma espécie de macaco e...

— Um macaco? — repetiu Miguel, espantado.

— Sim, rapaz, um macaco, mas não um macaco do nariz ou coisa do género, era... digamos assim, sim: era uma espécie de macaco mágico, porque se podia transformar em todas as coisas... e de facto, muito devagarinho, indo para um lado — *zig* — e para outro — *zag* —, o macaco transformou-se em alga e depois em fungo, em feto, depois, em suma, para resumir, transformou-se em rato, o rato apaixonou-se, nasceram mais ratos, dos ratos nasceram os elefantes, dos elefantes, as focas e assim por diante, e o planeta ficou cheio de gente.

— Mas isso, Mister, é a história da evolução! — gritou Miguel. — Já a sei! Vi na televisão! O que é que isso tem a ver com o Grande Plano D.E.D.O.?

— É e não é, rapaz... de facto, há coisas secretíssimas que só eu sei.

— Então os cientistas não sabem tudo?

— Não, Mik: ignoram um pormenorzinho fundamental...

Nesse preciso momento, no mar levantou-se um vento inesperado e forte. Miguel, para não voar para longe, teve de se agarrar com as unhas à túnica de Mister Kakkolen.

— Que pormenorzinho é esse, Mister? — perguntou Miguel, embrulhando-se nas asas.

— Já ouviste falar dos monstros dos abismos, Mik?

— Já. Vi um documentário sobre o monstro de Loch Ness e uns desenhos animados sobre o polvo devora tudo... mas são a fingir, quer dizer, toda a gente diz que não existem.

— Erro colossal! Há um que ainda existe e...

Um trovão violentíssimo rasgou o ar, ondas enormes e violentíssimas começaram a cair sobre a praia.

— Como se queria demonstrar! — gritou Mister Kakkolen, dobrado em dois por causa do vento. — É melhor voltarmos para o laboratório.

Era a primeira vez que chovia desde que Miguel lá vivia. Nunca tinha visto uma tempestade abater-se de uma forma tão repentina e violenta. E o vento era muito estranho.

«É um vento como outro qualquer» tinha-lhe dito o Furão. Mas ele tinha a certeza de que no meio dos assobios havia rugidos.

— Onde é que nós estávamos? — perguntou Mister Kakkolen, mal entraram em casa.

— No erro colossal, ou seja, que há um monstro dos abismos que ainda existe.

— Portanto, ouve bem, rapaz, porque te diz respeito de muito perto. Sabes o que é o amor?

— O amor, Mister? Bem, mais ou menos: é... é quando duas pessoas gostam uma da outra.

— Resposta elementar, Mik! Pensa numa coisa mais suculenta.

Miguel sentia-se na escola. Começou a suar por baixo do pêlo.

— Bem, a avó diz... Quer dizer, faz crescer as plantas na horta... e...

— Ora cá estou eu! — disse Fur Fur, que tinha acabado de acordar debaixo da mesa.

— Exacto, rapaz, é mesmo isso. A avó faz crescer as plantas na horta, donde se deduz que as plantas não podem crescer sem os cuidados da avó. Invertendo o teorema, a avó não pode viver sem as suas plantas. Ou seja, em suma...

— Ninuém pode viver sem amor?

— Exacto, rapaz: amar significa cuidar... Sei por experiência própria que até uma torradeira, se for usada sem amor, morre em poucas horas.

Miguel ficou pensativo. Lembrou-se de uma torradeira que a mãe tinha ganho numa rifa, há um ano. Como era amarela e ela não suportava o amarelo, pô-la a um canto e deixou-a lá ficar. Quando ele, uns dias depois, enfiou a ficha na tomada para fazer uma torrada, a torradeira fez *bizz bizz* e explodiu.

— É verdade, Mister! — exclamou. — As torradeiras de que ninguém gosta morrem depressa... Mas... mas Mister... se... se ninguém gosta de uma pessoa, mas se essa pessoa também não tem vontade de morrer, o que é que acontece?

— Acontece o que aconteceu ao Orconte.

Mal pronunciou aquele nome, a casa começou a tremer como se houvesse um terramoto. Os poucos pratos e os poucos copos caíram das prateleiras e estilhaçaram--se.

— O Or... — tentou repetir Miguel, mas Mister Kakkolen tapou-lhe logo a boca com o indicador.

— *Sssst!* — disse —, não repitas esse nome, acho que ele já está a ouvir...

— É melhor chamar-lhe um nome a fingir — sugeriu o Furão.

— Boa ideia, Fur Fur! — exclamou Mister Kakkolen. — Vamos chamar-lhe...

— Minhoca assada?

— Merendinha? Ou talvez... talvez Gemada? — propôs Miguel.

— Não, não — disse Mister Kakkolen. — Temos de arranjar um nome mais insuspeito... mais sério... *uhm, uhmmm*, vejamos... Voltagem... Resistência... Acelerador...

— Maionese? Batatas fritas? Salsicha...?

— Salsicha... *uhmmm*. Sim, Salsicha é perfeito, Mik! Salsicha! Assim vai pensar que estamos a falar do almoço...

— Mas, Mister, quem é a Salsicha?

— A Salsicha, Mik, é o mais terrível monstro dos abismos. Vive numa fossa muito profunda, perto da praia.

— Mas, Mister — perguntou Miguel, que ainda não acreditava lá muito em tudo aquilo —, como é que pode ter a certeza de que existe mesmo?

— Sou ou não sou o interlocutor preferido de todos os electrodomésticos, de todos os motores, dos instrumentos computorizados, dos fios e dos eléctrodos que andam por aí espalhados pelo mundo?

Miguel lembrou-se da sua conversa com Frig.

— Claro que é, Mister.

— Nesse caso, é tão simples como um ventilador! Quem me disse foi o radar de um submarino que se afundou lá perto. Depois, aqui, durante todos estes anos, escutando, registando, analisando, acabei por saber toda a sua história.

— Uma história muito triste — disse Fur Fur debaixo da mesa.

— Para resumir. Nunca ninguém gostou da Salsicha.

— Porquê? É uma Salsicha gorda? — perguntou Miguel.

— Pior, muito pior, rapaz, a Salsicha é fruto de um erro de cálculo, ou seja, é filha de uma Orca e de um Rinoceronte.

— Ooohh! — exclamou Miguel, que não podia imaginar uma criatura tão monstruosa.

— No mundo não existem outros animais assim, e por isso não se pode apaixonar por ninguém, e é tão feia que vive escondida no fundo do mar, desde o início dos tempos.

— E aborrece-se, lá em baixo — disse o Furão.

— Sim, aborrece-se de morte, e como não pode morrer, tornou-se muito feroz, muito má.

— Devorou todos os banhistas que havia na praia, os barcos à vela e as gaivotas, triturou o carrinho dos gelados e o quiosque das bebidas, e também dois ou três helicópteros que foram à procura das pessoas desaparecidas.

— É medonho! — exclamou Miguel. Depois, calou-se e sentiu o coração bater a mil à hora. Começava a suspeitar de uma coisa terrível. O que é que ele tinha a ver com a história da Salsicha? Por que é que Mister Kakkolen lha estava a contar com todos os pormenores?

Foi Mister Kakollen quem rompeu o silêncio.

— Bem — disse —, passemos ao estudo do plano.

De repente, Miguel sentiu as asas enroscarem-se.

— Que.... que p... p... plano, M... ister?

— A última parte do D.E.D.O., Mik: como eliminar a Salsicha para sempre.

— Ma... mas, M... ister... — tentou Miguel —, não nos d... dá... nenhuma chatice.

Mister Kakkolen olhou para ele com ar severo:

— Meu rapaz, deduzo que não estás a perceber patavina do...

Fur Fur saltou para a mesa e colocou-se diante de Miguel.

— Não percebeste, Morcego? Quem rouba os sonhos é ele.

— Ele? — repetiu Miguel.

— Sim, ele — anuiu Mister Kakkolen, gravemente. — Antigamente, só tinha suspeitas: quem não sonha, sabes, fica nervoso, muito nervoso... em suma, havia demasiada gente nervosa no mundo, por isso percebi que havia qualquer coisa que não andava bem. Mas só quando regressaste da tua missão é que deixei de ter dúvidas... para resumir: o ladrão é a Salsicha...

— E por que é que os rouba?

— Porque tem insónias.

— Quer dizer, rouba os sonhos das pessoas e depois sonha-os de olhos abertos.

— Como uma televisão sempre ligada?

— Isso mesmo, rapaz.

Miguel coçou a cabeça com uma unha.

— Mas o que é que eu...

— Tu, Mik, ou seja, Cavaleiro Lua Cheia, vieste até cá para eliminar a Salsicha do mundo.

Miguel sentiu o coração rebentar-lhe no peito como um dique sob a pressão da água. Não era possível!

— Mas eu — disse com a voz entrecortada —, eu sou um menino.

— Erro colossal: eras um menino, mas agora és o Cavaleiro Lua Cheia.

— Mas não sei combater — protestou Miguel — nem nunca brinquei com soldadinhos!

— Não é por aí que o gato vai às filhoses! O que não se sabe, aprende-se, rapaz.

Depois, Mister Kakkolen aproximou a boca do ouvido de Miguel.

— E agora, ouve.

Capítulo sexto

MAR MAR MAR,
QUEM NOS ENCONTRA
DEIXA DE SONHAR

O Orconte vivia no ponto mais fundo do mar, deitado num sofá de anémonas muito fofas. Lá em baixo, quase não havia luz, e por isso rodeava-se de dezenas e dezenas de peixes eléctricos. O seu aspecto era verdadeiramente monstruoso. Tinha cabeça de rinoceronte, com um corno enorme e aguçado em cima do nariz, corpo e barbatanas de orca, mas, em vez das barbatanas laterais, tinha quatro patinhas de paquiderme. No lombo crescia-lhe um pêlo ralo, e os olhos eram círculos concêntricos, amarelos e vermelhos. Quando estava furioso, saíam-lhe línguas de fogo das pupilas. Quando se ria, nasciam furacões à superfície.

Ao seu serviço tinha dois milhões de sardinhas e um corpo de elite de polvos gigantes. As sardinhas limpavam--lhe o pêlo, escovavam-lhe os dentes, assoavam-lhe o nariz e mantinham os sonhos muito bem ordenados num gigantesco arquivo feito de conchas, e quando ele fazia um sinal com a cauda, projectavam-nos num ecrã gigante. Os polvos eram os seus guarda-costas: com os longos tentáculos, agarravam os intrusos e levavam-nos à sua presença.

Um marinheiro que, por milagre, tinha conseguido escapar contou que o Orconte, antes de matar os prisioneiros, lhes pedia para contarem uma história. Se a história o fazia rir, em vez de os triturar com os dentes, fechava-os numa gruta marinha e deixava-os lá a apodrecer até ao fim dos seus dias. Tinha uma pele tão dura que nem um canhão conseguiria fazer-lhe um arranhão que fosse. Para o vencer, era preciso agir com astúcia.

Miguel ouviu tudo com muita atenção, tentando decorar todos os pormenores.

«Ora bem» pensava ele, para se consolar, «quando era um rapazinho gordo, passava a vida a sonhar que derrotava dragões. Agora, tenho a possibilidade de vir a ser um herói do mundo inteiro. Se for um herói, toda a gente vai gostar de mim, a minha mãe vai amar-me, mesmo que seja tão largo e pesado como um elefante!»

Pensava assim, mas não estava nada convencido. Suspirou. «No pior dos casos» concluiu «acabo transformado em sanduíche.» Só de pensar nos dentes do Orconte a trincarem-lhe o lombo como se fosse um rebuçado de mentol, começou a tremer desde a ponta das orelhas até à ponta das asas.

— É tudo — disse Mister Kakkolen, no final da explicação.

— Queres fazer mais alguma pergunta?

— Quero, Mister.

— Diz lá.

— Mister, não acha que seria melhor transformar-me outra vez em menino? Seria maior e...

— E mais saboroso — exclamou o Furão.

— Pois é, Mik: a Salsicha adora crianças, espeta-lhes o corno e enfia-as na boca e passa horas e horas a chupá--las, durante as projecções.

Miguel engoliu em seco ruidosamente.

— Nesse caso...

— Nesse caso, rapaz, é melhor continuares a ser um morcego.

— Um nojento! — exclamou Furão.

Mister Kakkolen levantou-se da cadeira e espreguiçou-se.

— Vamos dormir — disse. — Amanhã, temos de nos levantar de madrugada para pormos em prática a última parte do plano.

Será inútil dizer que, nessa noite, Miguel não pregou olho: não dormiu porque era um morcego, mas também porque tinha demasiadas coisas na cabeça.

Pendurado na grade da porta, recordou muitas cenas da sua vida de criança. Por uns instantes, sentiu saudades. Queria voltar a ser o mesmo menino de sempre, queria comer de mais e ser repreendido pela mãe, queria aborrecer-se diante do computador e passar uma noite inteira a falar de tudo e de nada com Frig.

Entre um pensamento e outro, chegou a madrugada.

Finalmente, Mister Kakkolen e Fur Fur acordaram, repousados e frescos.

— Vamos — disse Mister Kakkolen, muito alegre e, pegando em Miguel, saiu do laboratório. O Furão seguia-os, saltitando.

Andaram durante umas centenas de metros ao longo da linha de rebentação das ondas. Depois, Mister Kakkolen pôs-se a cheirar o ar, deu mais uns passos e parou.

— Este parece-me ser o melhor lugar. Que é que dizes, Fur Fur?

O Furão também se pôs a farejar.

— Sim, Mister, também acho.

— Bem, Mik, agora ouve bem: vou atirar-te ao ar e tu vais voar a direito durante cento e doze metros. Quando chegares ao centésimo duodécimo, gritas «*Guarda-chuva*». Se tudo der certo, mergulhas até chegares ao reino da Salsicha.

Miguel disse, num fio de voz:

— Mister...

— O que é?

— Mas eu não sei nadar sem barbatanas.

— Deixa-te de histórias, Mik, que eu já tomei medidas. Só tens de pensar na Salsicha e em mais nada.

— Concentra-te! — acrescentou Fur Fur.

— E agora, rapaz — Mister Kakkolen ergueu-o no ar:

— Vaiiiii!

Miguel viu-se de repente suspenso no ar; começou a bater as asas desordenadamente para a direita e para a esquerda, depois regulou o voo e, esvoaçando, dirigiu-se para o horizonte.

Já tinha percorrido umas duas dezenas de metros quando Mister Kakkolen o voltou a chamar.

— Mik — gritou —, Mik, escuta, esqueci-me de te dizer a coisa mais importante!

Miguel abrandou e voltou a cabeça para trás.

— Lembra-te que, para eliminares a Salsicha, tens de a adormecer!

— Tens de a pôr a dormir como uma pedra — acrescentou o Furão, como se fosse o eco.

Depois, com a pata e a mão no ar, despediram-se mais uma vez.

— Adeus, Mik!

— Adeus, Cavaleiro da Lua Cheia!

Miguel voltou a partir.

Quando chegou ao centésimo duodécimo metro, disse em voz alta:

— *Guarda-chuva* — e de repente, atraído por uma força invisível, desapareceu na água.

Durante algum tempo, enquanto ia mergulhando, viu aquilo que já tinha visto mais de mil vezes com a máscara. Peixinhos muito pequeninos a nadarem em grupo, uns peixes maiores, daqueles que se comem assados, duas ou três latinhas de bebidas, um casal de lulas e um par de saquinhos de plástico do supermercado. Depois, a pouco e pouco, à medida que a profundidade ia aumentando, a luz começou a tornar-se mais fraca, só se viam sombras, depois desceu ainda mais e deixou de ver fosse o que fosse.

Com os pés, isto é, com as patas, tocou numa coisa macia e pegajosa.

«Deve ser o fundo», pensou Miguel, e como estava tudo escuro e não tinha instruções a esse respeito, embrulhou-se nas asas e ficou à espera. À parte umas algas compridas e viscosas que, de vez em quando, lhe faziam cócegas na barriga, por ali perto não parecia haver mais ninguém. «Se calhar» pensou Miguel, «o Orconte foi de férias, está de molho num mar qualquer dos trópicos e eu estou salvo.»

Ainda não tinha acabado de pensar, quando umas luzinhas apareceram ao fundo da escuridão. Miguel notou logo que não estavam paradas, tremiam como as velas de uma procissão. Parecia que estavam a avançar para ele.

«É impossível que me tenham visto» pensou Miguel, mas, por precaução, recuou ainda mais no escuro. Continuou a olhar. Era verdade, estavam mesmo a avançar para ele. E também ouvia ruídos: ruídos de água e vozes estranhas que pareciam cantar uma espécie de canção.

Já começava a vê-las. Eram dezenas e dezenas de sardinhas. Rodeadas por peixes eléctricos, nadavam aos pares, e traziam conchas enormes entre as barbatanas.

«Devem ser» pensou «as criadas do Orconte; com certeza estão a transportar os sonhos que foram roubados ontem à noite.»

Já estavam muito perto. Miguel percebeu que, para chegar ao palácio do Orconte, não tinha outro remédio senão ir atrás do cortejo.

Imóvel no escuro, esperou que as sardinhas desfilassem diante dele. Mal a última passou, contou até vinte e, com todas as cautelas, saiu do escuro e começou a seguir o seu rasto luminoso.

Nadaram durante algum tempo: Miguel ia com muito cuidado, para não gritar quando as algas pegajosas do fundo lhe roçavam pelo corpo, e para não fazer movimentos bruscos que denunciassem a sua presença. Dava três golpes de asa e olhava em volta, para ver se por acaso não andava por ali algum polvo.

Mar mar mar,
somos as sardinhas do fundo do mar.
Mar mar mar,
quem nos encontra deixa de sonhar.

Cantavam as sardinhas.

De repente, viraram todas à direita, depois à esquerda e outra vez à direita.

«Devemos estar quase a chegar» pensou Miguel, e de facto, passado um segundo, o cortejo começou a abrandar, e passado outro segundo, parou.

A Sardinha Chefe, com um peixe eléctrico à frente dela, afastou-se três barbatanas do grupo, pôs-se em sentido, aclarou a voz e disse: «Abracadrá, abre-te já!»

Sob a sua cauda surgiu logo uma enorme persiana de madrepérola que, fazendo mil e uma bolhinhas, começou a abrir-se. Mal ficou toda aberta, as sardinhas, por ordem e sem deixarem de cantar, entraram aos pares.

Mal a última desapareceu, a persiana ficou aberta.

«Pode ser uma armadilha» pensou Miguel. Esperou uns instantes e depois, como não acontecia nada, decidiu aproximar-se devagarinho.

À parte uma vaga luminosidade multicolor, parecida com a dos projectores no cinema, não se via mais nada.

Como era possível que, no ponto mais escuro do mar, houvesse outro abismo? Onde iria dar? Ao outro lado do mundo? Ou, um pouco mais abaixo, haveria umas galerias que iam dar a uma gruta gigantesca? Seria ali que o Orconte vivia desde o início dos tempos?

Enquanto assim pensava, um feixe luminoso saiu de repente do buraco, parecia um farol ou qualquer coisa do género, e no silêncio em redor ouviu-se um grito medonho.

— *Iaaaaahaiahaaaaasgancsgnacsgurglesganccc.*

Miguel ficou tão impressionado com aquele grito que não reparou que, atrás dele, estava a chegar uma comitiva de atuns em passeio turístico. Eram mais de vinte, com mochilinhas e máquinas fotográficas, e nadavam muito depressa. Quando passaram ao lado dele, provocaram uma grande deslocação de água. Miguel sentiu uma coisa forte a empurrá-lo para trás, o terreno faltou-lhe de repente debaixo das patas, abriu as asas para tentar manter-se em equilíbrio, agitou-as para a direita e para a esquerda e tentou agarrar-se com os dentes a uma alga...

Foi tudo inútil.

O abismo abrira-se debaixo dele e estava a cair até ao fundo, como uma pedra.

Foi caindo, caindo, caindo e, de repente, quando já estava convencido de que tinha atravessado a Terra de um lado ao outro e que daí a pouco iria sair num cano qualquer da Nova Zelândia, chocou com uma coisa elástica.

Fez dois ou três ricochetes. Ao quarto, um tentáculo apertou-lhe o pescoço e Miguel percebeu o que tinha acontecido: tinha caído em cima de um polvo, em cima de um dos Guardas Fiéis do Orconte. Então, gritou logo:
— Sou um amigo — mas o polvo, em vez de lhe responder, encaminhou-se, saltitando sobre as compridas patas, para a luz que havia ao fundo da galeria.

Como Miguel tinha desconfiado, no fim do túnel havia uma grande sala. Estava iluminada por uns cinquenta peixes-tochas, e junto de uma parede havia cinco ou seis caranguejos vestidos de criados. Cada um deles tinha na mão uma bandeja de prata; o polvo deixou cair Miguel em cima de uma das bandejas e foi-se embora.

O Caranguejo Criado, com a pinça que tinha livre, ajeitou Miguel em cima da bandeja como se fosse um frango assado e, com passos solenes e lentos, dirigiu-se para uma grande porta de madrepérola.
— Estou frito — murmurou então Miguel, que não via meio de escapar.
— Flito, não, clu — respondeu o Caranguejo, que falava como um chinês. — Sua Majestade só devola coisas cluas.

— Estou cru — murmurou então Miguel, e nesse momento a enorme porta de madrepérola começou lentamente a abrir-se, sem ninguém lhe tocar.

Ao entrarem, foram recebidos por um coro de sardinhas.

— Perepepá! — cantaram os peixes. — Perepepá! Majestade, o novo petisco já cá está.

Pestisco? Miguel estremeceu, não estava habituado àquele nome. Depois, arranjou coragem e levantou os olhos. Diante dele, só se via um grande muro às riscas brancas e pretas e... não... Não! Seria possível que...? Miguel olhou melhor.

Terrível horror!

Não era um muro, era a barriga do Orconte! Oh, nem nas suas piores fantasias tinha podido imaginar uma coisa daquelas!

Era tão grande como uma pirâmide egípcia, e tão languinhento como uma gelatina de framboesa mal feita. Na parte superior do corpo, gigantescamente mole, oscilava uma cabecinha com um grande corno, orelhas de burro e olhos de porco raiados de sangue.

A língua, vermelha como o fogo, pendia para fora da boca, e uma cascatazinha de baba escorria, gorgolhando, até à barriga. Nos dois lados da barriga, em vez das barbatanas, havia quatro minhocas irrequietas que pareciam patas, e por todo o corpo viam-se tufos de pêlo em desalinho, hirsutos e empastados de caganitas.

O Orconte não deu logo pela presença de Miguel e do caranguejo porque estava distraído com uma projecção de sonhos. Pela expressão do focinho, parecia muito divertido: Miguel voltou-se para o ecrã.

Via-se um senhor muito distinto, de casaco e gravata, a subir e descer as escadas de um arranha-céus. Atrás dele,

ia um polvo com três cabeças verde-ervilha e um avental de cozinha, que tentava agarrá-lo com os tentáculos.
Mal o senhor, para lhe escapar, se lançou no vazio sol-
tando um grito terrível, o Orconte desatou a rir, aba-
nando as patinhas: — *Lahaiagrrriiahhaaaaaah!*

Seguiu-se logo outro sonho. Apareceu uma sala, e
Miguel sentiu logo um aperto no coração. Seria possível?
Aquela sala parecia mesmo a sala da casa dele e...

... E de facto, passado um segundo, apareceu a mãe.
Estava mais gorda do que era na realidade, tinha as mãos
enfarinhadas e, ao andar, meneava as ancas, como a Mãe
Gansa. Tinham tocado à porta e ela ia abrir.

«Quem será?» pensou Miguel.

Mal a porta se abriu, deu um salto na bandeja. Era ele
mesmo, ele em pessoa, Miguel! Era incrível, mas o que
sucedeu depois ainda era mais incrível. A mãe atirava-se
a ele e beijava-o e abraçava-o como nunca tinha feito.
Depois, sem dizer nada, sorrindo, levava-o até à cozinha
e punham-se a comer uma tarte acabadinha de fazer.

Miguel sentiu a comoção subir-lhe à garganta: então,
aqueles eram os verdadeiros sonhos da mãe! Os sonhos
que o Orconte tinha roubado! A mãe não sonhava com
dietas! Nem com *footing*! Pobre mãe! Era por isso que
andava sempre tão nervosa!

Enquanto Miguel estava absorto nestas reflexões, o
Orconte bocejou alto:

— *Uaunnnn...* que chatice! — exclamou. — Um
sonho exemplar em que não acontece nada — e de
repente, fazendo um sinal com a minúscula patinha,
ordenou que interrompessem a projecção. — As histórias exemplares dão-me uma fome tremenda — comen-

tou e, dito isto, olhou para o que o Caranguejo Criado tinha na bandeja.

Nesse instante, Miguel levantou-se, abriu as asas e com quanto fôlego tinha declamou:

— Bom dia, Sua Grandessíssima Majestade!

O Orconte desatou a rir:

— *Jahahaiagrrrahahh.*

As paredes da sala estremeceram como se houvesse um terramoto.

— Chefe — gritou o Orconte, soluçando —, desde quando é que os petiscos falam?

O Caranguejo estava muito embaraçado: inclinando duas pinças, fez uma humilde vénia.

— Sua Majestade Insoníssima! — declamou. — Trata-se de um petisco lalíssimo e sabolosíssimo!

Com uma das pinças, agarrou delicadamente numa das asas de Miguel.

— Obselve, Vossa Glandiosa Insónia: invóluclo de estaladiça massa folhada semelhante a calamujo, um lecheio de peliça macia e víscelas goldulosas, e pala acabal... *voilà!* — roçou as patas e o focinho de Miguel. — Nas extlemidadess, gualnições do mais fino maçapão.

O Orconte agitou as patinhas que pareciam minhocas.

— *Uhmmm* — murmurou —, *uhmm.* Só a descrição me faz crescer água na boca!

O Caranguejo inclinou-se mais uma vez:

— Só vos lesta plovar, Majestade! Galanto-vos que selá um agladabilíssima sulplesa.

— Seja! — trovejou o Orconte. — Traz-ma cá acima.

Ao ouvirem a ordem, dois polvos rapidíssimos precipitaram-se para a bandeja e, segurando-a com os tentáculos, transportaram-na até à altura da boca do monstro.

— Sua Insoníssima Grandeza está servida! — declamaram em uníssono.

O Orconte estendeu o nariz para a bandeja e fez «*snuflesuffle*» por duas vezes.

— Para falar verdade — trovejou depois — o cheiro não é dos melhores.

Miguel chamou a si toda a coragem que tinha:

— Majestade — gritou —, é verdade, já não me lavo há três meses!

Os dois polvos, por precaução, afastaram logo a bandeja uns bons dois metros do nariz do seu patrão.

— ... e não só — continuou Miguel —, também sou um triturador de lixo.

— Um tritura quê? — exclamou o Orconte.

— Um triturador de lixo, Majestade. Devoro todos os restos que apanho: ossos de frango podres, restos de lasanha com bolor, papel higiénico usado e...

Os polvos afastaram um pouco mais a bandeja. O Orconte riu ruidosamente mais uma vez.

— Que maravilha! — trovejou. — Com que então, estás recheado! Adoro as coisas recheadas com surpresas! Deixam mil sabores entre os dentes! — e, dito isto, tapou o nariz com uma patinha e com a outra agarrou Miguel pelas asas. Miguel viu abrir-se debaixo dele um antro terrível, com dentes enormes e uma língua vermelha como o fogo.

«Estou perdido» pensou e fechou os olhos.

Passado um segundo, sentiu debaixo dos pés a humidade rugosa da goela e, nesse instante, como por milagre, lembrou-se das instruções de Mister Kakkolen.

— Majestade! — gritou com quanto fôlego tinha. — Sua Seageloisionsíssima Insónia! Antes de me comer, não gostaria de ouvir uma história?

O Orconte desenrolou logo a língua para fora e Miguel voltou a aparecer.

— *Uhmmmmmgrr*, falaste em história?

— Falei, majestade, história. Sei umas muito bonitas, histórias que mais ninguém sabe...

— *Uhmmmm*. Histórias exemplares?

— Não, Majestade.

— *Uhmmm*, histórias de pessoas que se amam?

— Oh, não, por favor! — gritou Miguel, como se essas histórias o horrorizassem.

— Seja! — trovejou então o Orconte, e fez tremer a língua como um trampolim elástico.

Miguel caiu direito sobre os seus pés.

— Seja — repetiu o Orconte. — Mas olha que, se for uma história que já conheço, terás um fim mais terrível do que ser comido.

Miguel engoliu em seco. No lugar do estômago sentia uma bola de fogo. Na realidade, ele não sabia nenhuma história, nunca tinha sido capaz nem de repetir as anedotas que ouvia na escola.

Os pensamentos não paravam. Para se salvar e salvar os sonhos do mundo, tinha de contar uma história tão comprida e tão aborrecida que fizesse dormir.

Quando ele não conseguia adormecer, imaginava uma fábrica de merendinhas e contava as merendinhas todas, mal saíam do forno. Era um sistema que nunca falhava.

«Tenho de contar uma história que tenha números» pensou.

— Então? — rosnou o Orconte. — Essa história começa ou não começa?

Miguel endireitou-se e aclarou a voz.

— Era uma vez um peixe vermelho — declamou — que vivia numa bola de cristal. Um dia, o dono mudou-lhe a água e ele entrou direitinho no cano da banca da cozinha. O dono estava convencido de que ele lhe tinha caído da mão, mas o peixe tinha dado um salto e enfiara-se de propósito no cano, porque estava farto de estar na bola de cristal a ver o focinho reflectido no vidro. Queria conhecer mundo. Desceu os seis andares e foi parar ao cano de esgoto que havia por baixo do prédio. A primeira pessoa que encontrou foi um rato.

«Quem és tu?» perguntou-lhe. «Nunca vi um peixe já cozido em molho de tomate.»

«Sou um peixe vermelho» disse o peixe «e...

— E come-o! *Sgnascsgnasc* — trovejou o Orconte, que pensava que todas as histórias tinham de acabar da mesma forma.

— «... e quero conhecer mundo» — continuou Miguel — «quero ir conhecer os meus irmãos e primos que vivem longe.»

«Então, tens de ir para o mar» disse o rato, e depois de lhe ter indicado a direcção correcta afastou-se, agitando a cauda.

O peixinho nadou, nadou, nadou e, por fim, com a descarga dos esgotos, foi ter ao mar. A primeira pessoa que encontrou foi uma lata de bebida vazia.

«Ando à procura dos meus parentes» disse o peixe.

«Sabes a direcção deles?», perguntou a lata.

«Acho que é no mar» respondeu o peixe.

«Mas, miúdo» explodiu a lata de laranjada «no mar, há vinte e três biliões de coisas que nadam. Dois milhões de sardinhas prateadas, quinhentos e oitenta biliões de sargos, vinte e três mil e oitocentos e dois milhões de tartarugas, quarenta e cinco mil e quinhentos cavalos-marinhos e...»

«Obrigado», disse o peixe, que já começava a ficar farto, e mexendo as barbatanas afastou-se da lata sem mais demoras... Nadou, nadou, nadou e passados dois dias encontrou um saquinho de plástico.

«Mas tu és um peixinho doméstico» disse o saquinho que até há poucas semanas tinha vivido numa casa.

«Era» respondeu o peixe «mas agora estou cá fora: quero ver se sou o único peixe vermelho que existe no mundo...»

Miguel, enquanto ia contando, não perdia de vista o que o rodeava. Parecia-lhe que as pálpebras do Orconte já estavam um tanto caídas, e que as patinhas da barriga, em vez de se mexerem como antes, estavam imóveis. Continuou ainda com mais coragem.

— «O mar é grande» respondeu o saquinho de plástico, que, como tinha servido para guardar livros, sabia muitas coisas. «As possibilidades de encontrares um peixe parecido contigo são uma em dez biliões! Estatisticamente, é absolutamente improvável!» suspirou o saquinho.

Nesse instante, na sala ouviu-se um ranger de porta enferrujada: eram as mandíbulas do Orconte que se tinham aberto num bocejo.

— *Uaaahhunnnn* — disse com voz indolente —, nesta história não acontece nada...

— Um momento, Majestade — gritou Miguel —, vai acontecer uma coisa medonha.

— *Uauuhhnnn...* O que é?

— O peixinho encontra um monstro enorme, terrível: uma baleia.

O Orconte bocejou mais uma vez, coçou a garganta com uma pata.

— Então — continuou Miguel —, o peixinho nada, nada, nada e, depois de ter virado uma esquina, vai chocar com uma baleia que estava a dormir. A baleia abre os olhos, vê-o e diz:

«Olha, um tenro peixinho de aquário» e abre logo a boca para o comer.

O peixinho passa a direito pelas barbas da baleia e só pára na garganta. Nesse instante, a baleia grita: «Um momento!» e cospe-o.

«Diz lá» pergunta-lhe «por acaso não sabes a tabuada?»

(Miguel não conhecia nada mais aborrecido do que a tabuada.)

«Claro que sei» respondeu o peixe vermelho, que tinha vivido durante muito tempo no quarto de um menino, «e muito bem.»

«Então faz-me um favor» disse a baleia. «Põe-te-aqui, atrás das minhas barbas, e vai contando os peixes que devoro num só dia. Sabes» acrescentou a baleia, embaraçada, «estou muito gorda, e como não vejo quanto como, não consigo fazer dieta... Por outro lado, se não emagreço, no próximo Verão nem sequer consigo dar um salto fora da água para meter medo aos turistas...»

O peixinho, obediente, instalou-se logo na boca dela e começou a contar. Ao fim do dia, aproximava-se do ouvido da baleia e dizia-lhe tudo o que ela tinha comido.

— *Uaunnn...* e quanto é que ela comia? — perguntou o Orconte, que queria saber se havia alguém capaz de comer mais do que ele.

Nesse momento, Miguel começou a enumerar tudo o que tinha ido parar à boca da baleia. Cantou em voz alta a tabuada toda, desde a do 1 até à do 2001, e a todos os números que ia dizendo acrescentava o nome de uma espécie de peixe. Na tabuada 1250, o Orconte fechou os olhos pela primeira vez. Voltou a abri-los dali a pouco, mas com grande esforço.

Miguel contou durante três noites e três dias, sem nunca parar.

Na madrugada do quarto dia, o Orconte, já farto e cheio de sono, inclinou-se lentamente para um lado e murmurou:

— Ela come mais.

Depois, com um mergulho ruidoso, caiu no chão.

Capítulo sétimo

UM MENINO MAGRO

O que aconteceu depois foi quase incrível. Ouviu-se um estrondo e, logo a seguir, deu-se uma terrível deslocação de água. Miguel, projectado para todos os lados pela violência das correntes, viu que o corpo do Orconte se tinha transformado numa enorme bola de sabão de muitas cores. A bola, de repente, começou a aumentar. Ia aumentando, aumentando e, a certa altura, Miguel viu-se metido entre as suas paredes luzidias. Depois, quando a bola encheu o espaço todo da sala, lentamente, vacilando, como se fosse um balão, começou a subir.

Miguel flutuava lá no meio como um pára-quedista em pleno céu. Com ele, dentro da Grande Bola, havia milhares e milhares de bolas minúsculas: eram bolinhas coloridas e cheias de coisas em movimento, como se fossem pequenos ecrãs. Miguel percebeu logo que eram os sonhos que, durante aqueles anos todos, o Orconte tinha roubado às pessoas. Lentamente, balouçando por entre os olhares curiosos dos golfinhos e dos atuns, a Grande Bola chegou à superfície. Ainda flutuou durante um certo tempo, sem saber o que havia a fazer, e depois, graças a uma enorme rajada de vento, saiu da água e dirigiu-se para as nuvens, com Miguel e os sonhos todos lá dentro.

Miguel viu, lá em baixo, o mar e os barcos e depois a praia e os banhistas, a costa toda e todas as regiões montanhosas que havia no interior. Viu a sua cidade e as aldeias vizinhas, a auto-estrada, as linhas ferroviárias e os comboios em cima dos carris. A Bola subiu ainda mais e ele viu pela primeira vez a Itália toda, como só a tinha visto no atlas da escola, e depois a Europa e o mundo: uma bola azul e esverdeada envolta numa névoa espessa.

— Socorro! — gritou, nesse instante. — Socorro! Mister Kakkolen, quero descer! Puxe-me para baixo!!!

Mas ninguém lhe respondeu e as palavras voltaram para trás como um eco na montanha. Estava muito frio lá em cima: Miguel, para se aquecer, embrulhou-se nas asas membranosas. Estava a aproximar-se a grande velocidade da superfície lunar.

«Só me resta esperar que isto tudo acabe» pensou, e suspirou com força. Sim, mas onde é que iria parar? E por que é que Mister Kakkolen e o Furão o tinham abandonado? E Frig? Seria possível que Frig não desejasse vê-lo regressar a casa, são e salvo? Miguel ficou uns instantes imerso nos seus pensamentos, de olhos fechados. Quando os voltou a abrir, viu que a Bola estava rodeada por dezenas e dezenas de balõezinhos coloridos. Reconheceu um que já tinha sido dele.

— Então é para aqui que vêm os balões que nos fogem da mão — exclamou.

Nesse mesmo instante, a bola fez *flop* e rebentou.

As bolas dos sonhos começaram logo a espalhar-se velozmente pelos ares, correndo como loucas para todos os lados, e ele também começou a cair a toda a velocidade.

Voltou a percorrer o caminho todo que pouco antes tinha percorrido. Viu o mundo, a Europa, a Itália, o mar, a costa, as árvores, as aldeias e a sua cidade. Quando viu a casa dele, decidiu atenuar a queda: abriu as asas e qual não foi a sua surpresa quando reparou que se tinham transformado em braços. Olhou para baixo: as patas também se tinham transformado em duas pernas finas e fortes.

— Sou outra vez um menino — gritou então Miguel, continuando a cair. — Sou um menino magro!

A casa já estava muito perto. Viam-se perfeitamente os canteiros das flores e a bicicleta encostada ao muro.

«Como é que faço para parar?» pensou Miguel, enquanto o ar lhe assobiava aos ouvidos. «Não é agora que me vou esborrachar!»

Faltavam uns cinquenta metros para o chão quando Miguel viu por baixo dele a cama elástica da mãe. E também viu a mãe, de fato de ginástica, aos saltos.

«É ali que tenho de descer» pensou Miguel, e de repente, agitando os braços e as pernas, conseguiu ficar mesmo em cima do tapete. Chegou ao chão no preciso instante em que a mãe estava a dar um salto.

— Miguel! — gritou a mãe, desaparecendo da frente dele como uma seta.

— Mamã! — gritou ele, estendendo os braços para a agarrar.

Nem sequer conseguiram tocar-se. Saltando em ritmo alternado, cruzaram-se uma centena de vezes.

— Por onde é que tu andaste?! — gritava a mãe, descendo.

— É uma história muito comprida — gritava Miguel, subindo.

— Mamã!

— Miguel!

Se não houvesse uma vizinha curiosa, Miguel e a mãe teriam continuado com toda a certeza a saltar para cima e para baixo na cama elástica até serem velhos. Mas a vizinha intrometida, mal os viu, chamou os bombeiros.

Os bombeiros, com os carros vermelhos e as sirenes, chegaram quase logo, instalaram no jardim uma escada muito alta e um bombeiro que parecia um *cow-boy* lançou o laço e de uma só vez capturou Miguel e a mãe.

Entretanto, tinha-se juntado uma pequena multidão, e estavam todos muito comovidos.

— Viva o menino que voltou para casa! Viva, viva! — gritaram umas velhinhas, agitando os lencinhos brancos.

Miguel, como um herói, antes de descer da cama elástica, fez uma vénia e agradeceu a toda a gente; depois, ele e a mãe entraram em casa de mãos dadas, deixando os vizinhos na rua, a aplaudir.

Na cozinha, foi encontrar a mesa posta com tudo o que havia de melhor. Havia batatas fritas e tartes acabadinhas de fazer, coscorões e caramujos, pipocas, pudins e latinhas de atum. Fric reluzia, triunfante, a um canto.

— Olá, Frig! — cumprimentou alegremente Miguel. — Missão cumprida!

Mal se sentou, a mãe passou-lhe a mão pelos cabelos.

— Oh, Miguel! — disse, suspirando, com uma voz que tremia como se ela estivesse quase a chorar —, ainda não me parece verdade que estejas aqui. — Passou uma mão pela cara e continuou: — Mas eu sabia. Podes não acreditar, mas eu sabia que havias de voltar porque esta noite tive um sonho: sonhei que caías na cama elástica exactamente como caíste. É estranho, há tanto tempo que não sonhava.

Miguel sorriu sem dizer nada e enterrou a colher no pudim mais próximo. A mãe sentou-se à frente dele e viu-o comer com apetite. Quando ele acabou o pudim, estendeu-lhe o pão-de-ló.

— Come — disse-lhe, beijando-o na testa —, estás tão magro.

Miguel cortou uma fatia e olhou para a mãe. Durante a sua ausência, os braços tinham-lhe ficado redondos e macios, e o rosto parecia uma luazinha resplandecente. Os olhos eram duas estrelas. Miguel viu-lhe o rosto no espelho que havia atrás da mesa, viu o seu próprio rosto e, mais uma vez, o da mãe. Sim, não havia dúvida: agora que estava mais gorda, já não parecia uma caveira, parecia-se com ele como uma gota de água.

«É mesmo a minha mãe de verdade» pensou Miguel, e deixando a tarte no prato, levantou-se da cadeira e foi abraçá-la.

ÍNDICE